Ingo Cesaro · Fischblut

Ingo Cesaro

Fischblut

Gedichte aus dreißig Jahren

Auswahl und Nachwort
von Ute Bohmeier

Edition Hans Erpf
Bern · München

Autor und Verlag danken dem Bayerischen Staatsministerium für Unterricht, Kultus, Wissenschaft und Kunst sowie Christine Peter für ihre Unterstützung bei der Drucklegung des Werks.

Umschlaggestaltung: Urs Kohli und Res Jäggi · Bern
Satz: GBS · Satzbüro · Lyss
Produktion: IPa · Vaihingen/Enz

Verlagsgenossenschaft
Postfach 6018 · CH-3001 Bern

ISBN 3-905517-69-8

Inhaltsverzeichnis

1 In Augenhöhe

QUALIFIKATION

kein einziger

Mitdenker

konnte sich

als Mitläufer

qualifizieren.

Im Lehnstuhl

im Lehnstuhl
bewundern wir
auf der Mattscheibe

die Ungezählten
wie sie sterben
tagtäglich

auf den Straßen
von Belfast und
Londonderry

wie gemütlich
sitzt es sich doch
in der guten Stube.

Amortisation

angenommen
jede zehnte Kugel
trifft
und jede dreißigste
tödlich

dann haben sich
nach Meinung der Experten

die Munitionskisten
amortisiert.

Beweis

Hexenverbrennungen
waren wichtig und
notwendig

daß Hexen heute
nahezu
ausgerottet sind

müßte doch
als Beweis

genügen.

Schwierigkeiten

lange Friedenszeiten überleben
und menschlich bleiben
ist schwierig

im Krieg heißt es
sind alle Mittel erlaubt
da kann einer menschlich handeln
ohne besonders aufzufallen

in Friedenszeiten
muß er mit Hohn und mehr
rechnen

denn es reicht nicht aus
für den Frieden zu sein
sondern man muß auch
gegen den Krieg sein.

Unterschied

schon die
Kinder
erkennen
am Motorengeräusch
die verschiedenen Modelle

bei uns
unterscheiden sie
Autos

in Kriegsgebieten
Bomber.

NEUTRONENBOMBE

wenn sie hält
was man sich von ihr verspricht
endlich eine Waffe
die all das verschont
wofür viele
ein Leben lang schuften
wofür es sich lohnt
sagen sie

da können sie noch
alles ordnen und sich dann
beruhigt hinlegen
vielleicht nochmals
ihr Testament durchlesen
um anschließend in Frieden
zu sterben.

Frieden ist doch

Frieden ist doch
wenn die Sirenen nur Probealarm heulen
keine Bomber in der Luft
Ziele anfliegen
Panzer nachts nicht
übers Kopfsteinpflaster rollen
Brüder und Väter
morgens zur Arbeit gehen

oder ist Frieden
die Zeit
nach der wir Vierzigjährigen uns
unklar sehnen
weil wir meinen
daß die heutige Zeit
doch nicht die sein kann
für die es sich lohnte
notfalls
zu sterben.

WÄHREND

während
in Vietnam Nordirland
und Israel

während
in Moskau Madrid
und Athen

geht es Pressemeldungen
zufolge
Rom
um die Beibehaltung
des Pflichtzölibats.

Friedensglocken

Weihnachten und Ostern
und öfter noch
hängt der Küster
an den Seilen
und läutet den Grossen Ruf

und unten steht einer
gebeugt
und weint

weil er vor Jahren
einen Groschen gespendet
für Friedensglocken

bereut und weint.

Pressepreis

hinter einem Panzer
ein toter Feind
ins Bild geschleift
in Vietnam

und dieses Bild wurde prämiiert
wie jenes
das eine Mutter zeigt
im reißenden Fluß
zwei Kinder an den Händen
in Todesangst

der Fotograf wurde ausgezeichnet
weil die Belichtung
stimmte
und die Tiefenschärfe

oder hätte er
zuerst
die Mutter retten sollen und
die Kinder.

Um nichts zu versäumen

im Fernsehsessel bewundern viele
den Rentner Müller und
Frau Schmidt
wie sie in vorderster Front
gegen den Bau der Startbahn West stehen
und keine schlechte Figur machen
total gezeigt im Fernsehen

während die Politiker siegessicher
mit ihren Lackschuhen im Schlamm einsinken
wird es den einen oder anderen
beflügeln
um nichts zu versäumen
aus dem Fernsehsessel aufzuspringen

und sich eine neue Flasche Bier zu holen.

FRIEDENSTAUBEN

unbeirrbar züchten welche Tauben
kreuzen Tauben
und züchten und züchten

sie glauben an die Friedenstaube
und trotz der vielen Rückschläge
verlieren sie nicht die Ausdauer
Fachleute sind davon überzeugt
daß eine Friedenstaube
heute
in Freiheit
keine Überlebenschance hätte

trotzdem züchten welche Tauben
unbeirrbar
und hoffen und hoffen.

Im Fussballstadion von Santiago de Chile

grün der Rasen wieder
wie früher nur
über Nacht
wachsen Hunderte Löwenzahn
jede Nacht
all die Nächte

und noch vor Sonnenaufgang
geht die politische Polizei
gegen den Löwenzahn vor

doch viele tausend Samen
sind in den Wind gestreut

lasse dein Fenster geöffnet
warum sollten gerade zu dir
keine Botschaften kommen

entschlüssele und verberge
sie
denn die Henkersknechte
werden keine Mühe scheuen
die Botschaften
überall
aufzuspüren.

Im Vertrauen

ins Ohr
flüsterte mir unser Reiseleiter
während meiner Griechenlandreise

im Vertrauen
wer hätte das
vor Monaten
für möglich gehalten

was unsere Gesellschaft
Interessierten bietet
zeigt
auf der Insel
ein KZ

im Vertrauen
primitiv
abscheulich
und
ich verstehe einiges davon

war Kapo
aber hier –

geschmacklos
im Vertrauen
so nahe am Luxushotel
geschmacklos
finden Sie nicht auch.

Grassamen

viel zuviel Vergangenheit vergraben
in schmalen Grundstücken der Reihenhäuser

ich kann hier mitreden
mein Geschäft mit Grassamen blüht
reihenhausweise habe ich
Wurzeln geschlagen

so schnell wie mein Gras
wächst kein anderes
wenn die Käufer sich genau
an die Gebrauchsanleitung halten

es hat sich herumgesprochen
mit meinem Grassamen
und wer es mit Bäumen oder Sträuchern
versuchte
wird bald mein Kunde werden
und Grassamen säen
um keine Nachteile zu haben

Gras wächst
während meine Kunden schlafen
ob die Sommer trocken oder feucht
jedes Klima wirkt sich schließlich
nur vorteilhaft aus
wer schnell vergessen muß
braucht nur zuzugreifen
Referenzen habe ich in einem dicken Ordner
von Leuten gesammelt

die ihre Namen wechseln
wie andere Verbände
über blutenden Wunden.

In Augenhöhe

in Augenhöhe Bäumen
Binden umgelegt ganz in Schwarz
in einer Feierlichkeit
daß dem angetretenen Exekutionskommando
später beim Laden noch
vor Rührung die Hände zitterten

und auf die Rinde das Herz
gemalt mit weißer Kreide
dann übungshalber
immer wieder «Feuer» befohlen

trotz der ständigen Salven
kehrten am späten Nachmittag
die Vögel wieder
auf die Bäume zurück
während die Schützen noch immer
den Ernstfall probten
Salve um Salve

als müßte Töten geübt werden
in unserer Zeit.

Schwere Träume

die lebenden Fackeln
sind verloschen

außer dem Häufchen Asche
bleibt
Hoffnungslosigkeit

in den Nächten
in der Dämmerung
und am Morgen

ich sehe die Gesichter
mit Lippen die stumm

denn die Söhne
opfern sich
für die Zukunft ihrer Väter

und ich spüre Brandmale
am eigenen Körper

nach einer Nacht
schwerer Träume.

2 Heimatkunde

Waldsterben

kein Grund zum Aufregen
oder gar zum Verzweifeln
stören doch die vielen Bäume
in den Wäldern
sowieso
die Motorradfahrer beim Geländetraining
die Jogger beim Laufen
die Camper beim Zelten
die Truppen im Manöver
die Grundstücksmakler beim Spekulieren

und wie aus einem Munde
ist von ihnen zu hören
daß die Natur
alles selber regelt

also kein Grund zum Aufregen
oder gar zum Verzweifeln
weil der Wald stirbt.

Touristenattraktion

als Touristenattraktion
waldreicher Gegenden
gegen Ende
des Urlaubs
einen schönen Waldbrand

so befreit sich
die waldreiche Gegend
vom sterbenden Wald

vierzehntägig
wie im Katalog angekündigt
und vom Reiseveranstalter
ganz neu ins Programm
aufgenommen.

Heimatkunde II

die Wäscheleinen verraten
wer hier in der Gegend wohnt

Einheimische
Türken
Jugoslawen
Spanier
Griechen

die wollen doch nur Streit
grölten Angetrunkene am Biertisch
denn sie haben
kein einziges weißes Bettuch
als Zeichen
ihrer Friedensbereitschaft
an der Wäscheleine hängen.

Deutsch-Jugoslawischer Freundschaftstag

denen wollen wir mal zeigen
wie herzlich wir sein können
am Freundschaftstag
und damit sie es
lange in Erinnerung behalten
mindestens ein ganzes Jahr lang
bis zum nächsten Freundschaftstag

sollen die ruhig mal sehen
daß wir auch anders können
damit sie den Freundschaftstag
so schnell nicht vergessen.

Überraschung

Ausländer und vor allem
die dunkelhäutigen unter ihnen
sind für fette Schlagzeilen gut
da wird
kein gutes Haar an ihnen gelassen
da hat man sich
vor ihnen zu fürchten
wird gewarnt
nur nachts nicht
von ihnen überholt zu werden
und keine Kontakte zu halten

daran dachte ich
als zwei Dunkelhäutige
spät am Abend in einem Lokal
diese Boulevardzeitung
mir recht freundlich
und überhaupt nicht aufdringlich
zum Kauf anboten.

Ausländer nicht erwünscht

früher stand ein Schild
im Fenster neben dem Eingang
darauf stand zu lesen
«Ausländer nicht erwünscht»
und ein Foto mit dem Namen
der Wirtschaft
ging durch die Presse

heute ist ein Ausländer Pächter
im Moment glaube ich
ein Jugoslawe
und das Schild steht noch
im Fenster neben dem Eingang
und das «nicht» ist ganz einfach
lesbar
durchgestrichen.

Ansichtskarten

Fremde geblieben
trotz längerer Aufenthalte in dieser Gegend
schicken sie keine Ansichtskarten nach Hause
obwohl sie an den Drehständern stehen
und drehen und drehen
aber sie erkennen die Gegend nicht wieder
auf den ausgestellten Ansichtskarten

so schreiben sie auf die schmalen Abschnitte
der Postanweisungen
hoffentlich geht es euch gut
in ihrer Muttersprache
ganz nebenbei
hoffen
daß vor Freude über das erhaltene Geld
niemand Fragen stellt

denn Antworten könnten sie nicht verkraften
würden herausgerissen aus ihrem Traum
Hoffnung
ihre Anklagen hätten sie
hinausschreien müssen
in ihrer Muttersprache
denn Schreie müssen nicht übersetzt werden

sie müßten überstürzt das Land verlassen
wo sie noch nach Jahren Fremde geblieben sind
im Gepäck keine einzige Ansichtskarte
zum Vorzeigen
weder Wunden noch Narben
die offensichtlich wären.

Heimweh

sie sammeln sich
in Wartesälen und auf Bahnsteigen
wie Zugvögel im Herbst
laut gestikulierend

so
als stünde die große Reise
kurz bevor
sie umarmen sich
wenn der Fernschnellzug
ohne sie
den Bahnhof verläßt

und weinen sich
in die kalte Wirklichkeit
zurück.

Frühjahrsübung
(1990)

die Heimkehr üben
ganz einfach ausprobieren
wegfahren morgens
und abends zurückkehren
oder Tage später
einfach ins Blaue fahren

bei der Rückkehr
immer noch Angst haben
einen trockenen Mund
und Gänsehaut
nach Monaten
immer noch keine Mark darauf verwetten
daß eine Heimkehr
jederzeit möglich.

Aus anderer Sicht

ihr Land endlich einmal
von außen sehen
einen Blick werfen
von den Aussichtsplateaus
über die Mauer
zurück
wie Millionen von Besuchern
in West-Berlin

oder bei Ausflugsfahrten
an die innerdeutsche Grenze
mit Blick auf Stacheldraht
und Todesstreifen

ihr Land einmal von außen sehen
wie im wirklichen Leben
gilt es
nachzuholen.

Ohne ihn zu erkennen

viele Nächte so dicht
an der Grenze
konnte ich kein Auge zutun
jahrelang
und jetzt nach der Grenzöffnung
haben sich meine Schlafstörungen
eher verstärkt

es könnte sein
daß ich einem aus der Seilschaft
plötzlich gegenüberstehe
der meinen Freund
vor Jahren
in den Tod getrieben

ohne ihn zu erkennen.

Phantomschmerz

spüre die rauhe Mauer
die Wunden vom Stacheldraht gerissen
Schußwunden von Selbstschußanlagen
die Druckwelle von explodierenden Minen
schrecke noch immer
aus dem Schlaf
schweißnaß von Alpträumen

von Nacht zu Nacht
benötige ich immer weniger Zeit
mich in der Wirklichkeit
zurechtzufinden.

Geflickt verknotet

vierzig Jahre mit den Netzen
immer zwischen sich und
dem Sonnenuntergang und Fische
schuppig bis in die Träume
jedes Loch sorgfältig
geflickt verknotet
Schlupflöcher gegen die Fische
und schützt sich
vor sich selbst und
seinen Träumen
die ihn ins Landesinnere
entführen.

Nach der Maueröffnung

nach der Maueröffnung
die Freunde zählen
nicht zusammenrücken
Abstände vergrößern
aber nicht
aus den Augen verlieren
die wenigen
die aufrecht überlebten.

Begrabt eure Hoffnungen im Niemandsland

die ihr alles gewagt
begrabt eure Hoffnungen im Niemandsland
die euch verrieten
werden begnadigt
so ist es schon immer gewesen
warum habt ihr etwas anderes erhofft
begrabt eure Träume im Niemandsland
dort wurden gejagt wie Hasen
die es nicht mehr aushielten

es profitieren immer andere
Feiglinge vor allem
nach jedem Krieg tauchen Leute auf
die reich wurden
die Falschen stehen immer
auf der richtigen Seite
seid vorsichtig
sonst machen sie euch noch den Prozeß
für die Parole «Wir sind das Volk»

ihr habt Widerstand geleistet
wardt in Kirchen dabei und später
auf der Straße
habt die Falschen zu euren Führern gewählt
so wußtet ihr nicht
wo vorne und hinten
so schnell wendeten sie sich
fürchtet euch vor ihnen

sie sind es
die euch um euren Lohn betrogen haben
seid nicht überrascht
wenn ihr vor Gericht gezerrt werdet
von den Wendehälsen
und sie sich zu euren Richtern erheben
begrabt schon vorher eure Hoffnungen
im Niemandsland
und vergeßt nicht
es geht ums Überleben in dieser Zeit.

Was sind das für Zeiten

was sind das für Zeiten
wo schon lauthals Amnestie gefordert wird
bevor die Begünstigten dingfest gemacht wurden
Amnestie für die Folterknechte
Richter und Henker
Gedanken an die Opfer aber
sind unerwünscht

was sind das für Zeiten
wo wir erkennen müssen
daß die wenigsten etwas gelernt haben

schaut sie euch nur genau an
die jetzt Amnestie fordern
könnten Sympathisanten sein
der Folterknechte
Richter und Henker
die ihnen entkamen
überlebten
schweigen in ohnmächtiger Wut

hütet euch vor diesen Seilschaften
sonst seid ihr verloren
in diesen Zeiten.

Wie der Wind sich dreht

die Windrichtung änderte sich
überraschend
daß sogar die Wetterfühligen
zu spät
erkannten
woher der Wind weht
die Anpasser entschieden sich
gruppenweise hängten sie sich
an dürren Ästen in den Wind

verriet mir ein alter SA-Mann
abkommandiert zur Wache seinerzeit
bei einer Baumgruppe
hatte ein fliegendes Standgericht
drei Fahnenflüchtige aufgehängt
über Nacht hingen sie
und im Gewittersturm
schlugen ihre Stiefel zusammen
daß er gegen den Wind lief
um die Gehängten nicht mehr zu hören
drehte sich der Wind pausenlos
die ganze Nacht
spielte Schabernack mit ihm

die Zeiten haben sich geändert
woher der Wind weht
weiß doch heute jedes Kind
woher er wehen wird

steht Tage vorher in der Zeitung
daß die Wetterfühligen
sich nicht mehr
auf sich selbst
verlassen müssen.

3 Freiübungen

Freiübungen

vielleicht liegt es
am geöffneten Fenster
auch im Winter

daß mir
sogar in meine Freiübungen
täglich
viele hineinreden

Freiübungen III

jetzt hat er
seinem Sohn auch
die Freiübungen
am offenen Fenster
verboten

um ihn
so gut es eben geht
auf das spätere Leben
vorzubereiten.

Freischwimmer

trotz aller Dementis
der Schwimmvereinsfunktionäre
gelang es
schon wieder
einem Nichtschwimmer

sich
freizuschwimmen.

Rettungsschwimmer

der Nichtschwimmer
erschreckte sich derart

als er fünf
Rettungsschwimmer
am Beckenrand
zählte

daß ihm
nicht einmal mehr
stundenlange
Wiederbelebungsversuche
helfen konnten.

Echte Zweifel

unter hundert Selbstmördern
die ins Wasser gingen
war nur ein
einziger Nichtschwimmer

vielleicht
weil Nichtschwimmer
in dieser Situation
ahnen
daß sie das Wasser
schließlich doch noch
tragen könnte.

Die Sehnsucht nach tiefen Wassern

über achtzig Prozent
derer
die sich schon zu Lebzeiten
für eine Seebestattung
entscheiden
sind Nichtschwimmer

ihre Sehnsucht
nach tiefen Wassern
wollen sie
einmal wenigstens
trotz hoher Kosten
bis zum Ende
ausleben.

Der Wettkämpfer

bevor er sich am Start
zusammenkauert
hat er schon allen Gegnern
in Stoßgebeten
den Tod gewünscht

jetzt wo er
auf das «Fertig, los!»
sich konzentriert
sein Mund Gebete malmt
fühlt er sich schon
als erster mit der Brust
im Ziel

und kommt nicht weg
vom Start
und flucht
und betet wieder
ganz bestimmt
beim nächsten Mal.

Ausgleichssport

auf der Sprintstrecke
schindet er
täglich
zweimal drei Stunden
Bruchteile
von Sekunden

um dann abends
vor dem Fernseher
Stunden
zu vergeuden.

Startloch

sie haben mich unterstützt
täglich
bei meinem Training
mir
mein Startloch
gegraben
schon viereinhalb Meter
tief

jetzt wollen sie mir
auch noch helfen
meine Technik
zu verfeinern
denn bei so viel Unter-
stützung
kann es doch nur
an meiner Technik liegen
wenn mir bis heute
noch kein
einziger Start
auf Anhieb
geglückt.

Fehlstart

den Startschuß
noch schmerzlich im Ohr
laufe ich
laufe schon Jahre
ohne das Ziel
auch nur verschwommen
am Horizont zu erkennen

manchmal denke ich
es muß
ein Fehlstart
gewesen sein.

Totes Rennen

jetzt springen die
beiden
letzten im Wettbewerb
bereits seit einer Stunde

mit wechselndem Erfolg
über ihre eigenen
Schatten.

HOCHSPRUNG

nach jedem mißglückten
Sprung
Versuch
legten die Kampfrichter
die Latte
etwas tiefer

bis zum Ende des Wettbewerbs
wird es notwendig werden
mit dem Spaten
ein Loch zu graben

so tief springen sie heute
wieder
und ganz schön
rekordverdächtig.

NACHAHMENSWERT

die acht Teilnehmer
am Endlauf
zogen es vor
anstatt zu starten

auf dem Siegerpodest
sitzend

um die ersten drei
Plätze
zu
würfeln.

PLATZWAHL

nach der gewonnenen Platzwahl
vor Spielbeginn

entschied sich der Spielführer
für einen Platz

auf der Ehrentribüne.

Enttäuschung

bei seinem Eintritt
in den Sportverein
sprach der Vorsitzende
von
besonders starker

Kameradschaft
Freundschaft
Hilfsbereitschaft

und dann
liefen sie ihm alle
schon
beim ersten Trainingslauf

davon.

Pechvogel

meinem Vorgesetzten
schickte ich
wochenlang

meine abgerichtete
schwarze Katze
über den Weg

auch habe ich
von einem Neubau
einen Ziegel

aber wenn ich weiter
solches Pech habe

gebe ich es auf
vorwärtszukommen.

Übung

Übung macht den Meister
ich habe
zwanzig Jahre lang
geübt
mir die Gurgel
durchzubeißen
denn Hand an sich zu legen
ist unchristlich

gestern fühlte mein Mund
meine Gurgel –

nur habe ich schon
alle meine Zähne verloren.

Übungen

die Strecke zurücklegen
mit Übungen
das Rückgrat zu krümmen
ohne das Gesicht zu verlieren

schon ganz geschickt
Übungen jetzt
zusammen mit einem Schlangenmenschen
der auf Rummelplätzen
früher
auch von mir schon bestaunt

und ich bin
auf dem besten Wege
das Rückgrat zu krümmen
ohne das Gesicht zu verlieren.

Kurzer Prozess

um kurzen Prozeß
zu machen
nehmen sich
die Verantwortlichen
heute
mehr Zeit
treiben mehr Aufwand

nur für die Betroffenen
hat sich
vom Ergebnis her
nichts geändert.

Tiefseetaucher

untertauchen
ein großes Gefühl
sich in die Einsamkeit
zurückziehen
wenn
die Wellen über dem Kopf
zusammenschlagen

schon als Schüler
den Kopf
im Taucherhelm
untertauchen
geübt

und keine Chance
den Nebenmann
zu verstehen
und noch geringer
die Möglichkeiten
für den Lehrer
sich verständlich
zu machen.

Schonzeit für Langstreckenläufer

Schonzeit für Langstreckenläufer
von der Regierung
auf den gesamten Dezember
gesetzlich
festgelegt

die Langstreckenläufer
barfuß
von Autos bei Glatteis
verfolgt
von Jägern und Schützen
im Nebel anvisiert

retten sich
zum Verschnaufen
in den Dezember
denn außerhalb der Schonzeit
zwischen Januar und November
werden sie
zu Rekorden gezwungen
um zu überleben

aufgelistet
in den Jahres-Weltbesten-Listen
schicken sie
die Zeitungsausschnitte
lachend
als Lebenszeichen
an ihre Verfolger.

Und am Fusse der Berge

und am Fuße der Berge
leben immer
die nicht schwindelfrei sind

so warten sie täglich
auf den Einbruch der Dunkelheit

dann
beginnen sie
die Berge zu besteigen

und finden sich
spätestens nach Sonnenaufgang
mit zerschundenen Gliedern

am Fuße der Berge.

4 Schutzhaft

Bilanz

ein Jahr habe ich
in mich aufgesogen:

Unwetter
Weltrekorde
Landtagswahlen
Terroranschläge
Flugzeugabstürze

und trotz der
vielen heißen Eisen
habe ich mir
weder den Mund verbrannt
noch
den Magen verdorben.

VERDAUUNGSSCHWIERIGKEITEN

hätten wir
wie
die Kühe
sieben Mägen
wir hätten
wenig Chancen
alles Hinuntergeschluckte
zu verdauen

allein
um alles
wiederzukäuen
fehlte Zeit
geschweige denn
Neues
hinunterzuschlucken

vielleicht
würden wir lernen
kritischer
zu schlucken.

Schlaflieder

so schlecht waren die Lieder nicht
die sie uns vorsangen
sogar in recht einschläfernder Melodie
Schlaflieder wie
dreh' dich nicht um
denk' nicht nach
laß' gut sein
sangen sie

ob Zufall
wer weiß
denn von ihren Schlafliedern
bin ich hellwach geworden
konnte kaum mehr ein Auge schließen
begann über dieses und jenes
nachzudenken
schaute mich um
fragte
ohne müde zu werden

singe mir
manchmal
eins ihrer Schlaflieder vor
hinter verschlossenen Türen
wenn ich müde werde
beim Nachzählen der vielen
noch offenen Fragen.

Vorsorge

mit heraushängender Zunge
entferne ich mich
schreibend
von der Wirklichkeit
was stört das
die ausgefuchsten Halsabschneider
sie konzentrieren sich
auf Hälse
immer nur auf Hälse
Augen voller Worte
Hände voller Bilder
entgehen ihnen
während ich meinen Namen
in schweren Stein schlagen lasse
binde ich mich mit einem Seil
daran fest

die enger werdende Schlinge
habe ich eigenhändig
um meinen Hals gelegt
und werde mich beobachten
ob ich mich noch weiter
von der Wirklichkeit
entfernen kann.

Weit weg vom Schreibtisch

selten das Porträt eines
Schriftstellers im Fernsehen
ohne einen Spaziergang durch
einen nahegelegenen Park
was treibt sie nur so weit weg
vom Schreibtisch unsicher
knirschen ihre abgetretenen
Absätze auf dem Kiesweg
klammern sich fest an
Pfeifen manchmal an ein
mitgebrachtes Buch
lesen gegen das Wipfelrauschen
und Vogelgezwitscher an
überwacht von Parkwächtern
beschnuppert von Hunden

so weit weg vom Schreibtisch
machen nur die berühmten
in dieser ungewohnten Umgebung
keine unglückliche Figur

so zwischen den Bäumen
ins Bild gerückt ähnlich
den Sendungen über aussterbende Tiere
fehlte nur am Ende
die Einblendung des Spendenkontos.

Unsicher

alle Freiheiten lassen sie uns
und betonen es ständig

wenn ich nur wüßte
ob ich jetzt einen Schritt wagen kann

ganz einfach den Fuß heben
ohne Angst zu haben
keinen Platz mehr für ihn zu finden
wenn ich ihn wieder
auf den Boden stellen möchte.

Schreibverbot

einer steht mit seinen Stiefeln
auf meinen Händen
um mich am Schreiben
zu hindern

natürlich könnten sie
meine Hände zerquetschen
wie im Mittelalter

doch wir leben
schließlich
in einem demokratischen Land
und Schreibverbot
gibt es nicht

hier kann jeder schreiben
wenn er kann
steht überall
an den Litfaßsäulen
angeschlagen.

Vielschreiberei

die Vorladung trifft ihn
unvorbereitet
seit gut einem Jahr
hat er wieder ein Gedicht
fast fertig im Kopf
ihre Fragen verwirren ihn
zu wenig
viel zu wenig
klagen sie ihn an
viel zu wenig schreibe er
fertige Zeilen

was einer im Kopf hat
sagen sie
ist nicht ausschlaggebend
nur Geschriebenes
gewinnt
vor allem das
was zwischen den Zeilen steht

nicht umsonst hätten sie
ihre Spürhunde
wochenlang
hungern lassen
das beste Versteck ist für sie
gerade gut genug
auch wenn er es selbst
nicht mehr finden würde
trösten sie ihn
die Spürhunde stöbern es schon auf.

Auf die Minute genau

er hatte keine Ahnung
wann er nach Hause gekommen war
seine Zimmervermieterin
kannte die Zeit
auf die Minute genau

so genau wiederum
wollte er es nicht wissen
nur ungefähr
weil ich mich auch
an nichts mehr erinnern konnte

gewappnet wollte ich sein
sollte ich abgeholt werden
zu einer Vernehmung
und ein Alibi brauchen
gegen einen unausgesprochenen Verdacht.

Schutzhaft

mit deinem Lachen
wirst du dir schaden
einfach herauslachen
so lächerlich sind doch
die Zeiten
schon lange nicht mehr

wir müssen dich schützen
vor deinem Lachen
es wird dich sonst verraten
wir nehmen deshalb
dein Lachen
in Schutzhaft

da kann es ungestört
nach Lust und Laune
herausbrechen
ohne dir zu schaden

denn du wirst dich doch nicht
von deinem Lachen
trennen wollen.

Schutzimpfung

Schutzimpfung gegen
Träume und
abweichende Gedanken
denn ansteckende Krankheiten
kommen nur noch
in Geschichten vor

den Arm freimachen
nur nicht hinschauen
die Angst traumlos zu sein
ängstigt mich
auf abweichende Gedanken
zu verzichten
wird heute schon
wärmstens empfohlen

und einmal entschieden
ist Reue sinnlos
schon ist alles vergessen
auch die Schutzimpfung selbst.

Betriebsblind

eine ansteckende
Berufskrankheit
heute
so stark verbreitet
daß es Zeit wird

durch Reihenuntersuchungen
und Sehtests
mehr über diese Krankheit
zu erfahren

gerade bei Lehrlingen
und neuen Mitarbeitern
ließe sich die Krankheitsgeschichte
leicht verfolgen

aber so lange
bereits Befallene
diese Tests durchführen
und Vorgesetzte
beide Augen zudrücken
und keinerlei vorbeugende
Maßnahmen einleiten

kann mit Fortschritten
in der Bekämpfung
dieser Berufskrankheit
nur durch
einen dummen Zufall
gerechnet werden.

Prognose

die Marketingstrategen
räumten nach dem Studium von Berichten
und Marktanalysen
der Marktforschungsunternehmen
dem großkarierten Design
für Herrenoberhemden
keine Chance ein

entsprechend den Untersuchungen
bleibt der westdeutsche Mann
auch im neuen Jahr –
ja sogar mit zunehmender Tendenz –
bei kleinen Karos

nichts Neues also
dafür wird die Branche
in den nächsten Wochen
das Kleinkarierte als Hit
im großen Stil
in ganzseitigen Anzeigen
ankündigen

und die Männer
werden sich vor den Spiegeln
bestätigen
wie gut ihnen
Kleinkariertes steht.

ZWANGSJACKE

mein Hausarzt überwies mich
an zwei Spezialisten
dann erst
stellte er
seine sichere Diagnose
denn beide Spezialisten
hatten seinen Verdacht
bestätigt

ich stecke
in einer Zwangsjacke
von Geburt an
denn bewußt habe ich
mir niemals
eine Zwangsjacke
übergezogen

nur mit den Jahren
ist mir
meine Zwangsjacke
viel zu weit geworden
ob aus Gewohnheit
wer weiß

und vergleiche ich
kann ich Sprünge tun
um die mich
Ungezählte beneiden

weil sie eingezwängt sind
ohne Zwangsjacke
oder nur
ohne sichere Diagnose.

Haltungsschäden

wem soll man folgen
Ratschläge häuften sich von allen Seiten
einfach den Kopf einziehen
über längere Zeit
konnte nicht ohne Folgen bleiben
die Schulärzte waren fassungslos
von hundert Schülern
hatten schon über neunzig
Haltungsschäden

die letzten Jahre
hatten Krümmungen
in die Wirbelsäulen gedrückt
daß mit Notprogrammen
tausend Ärzte oder noch mehr
als Spezialisten für Haltungsschäden
umgeschult wurden
die Lehrer zeigten Haltung
neben den Schülern

auf Klassenfotos im Brustbildformat
wurden die Krümmungen nicht offensichtlich
die Schulärzte wurden als Schwarzmaler
von der Ärztekammer
mit Ratschlägen überhäuft
und in einem Sonderprogramm
gegen den sanften Protest einzelner Lehrer
wurden für alle Schüler
Luftsprünge verordnet
mehrmals täglich

und fiel einer auf den Rücken
überhäuften ihn Ärzte und Lehrer
mit Ratschlägen
dabei hätte ihm sicherlich
eine einzige
hingestreckte Hand
Mut gemacht
für einen weiteren Versuch.

Besondere Kennzeichen

achtet nur darauf
wer den Rücken vernarbt
da könnt ihr sicher sein

der kann sich nicht anpassen
der will sich nicht bücken
auch wenn sie ihm zehn Mark
hinwerfen
glaubt nur nicht
er ängstigt sich
daß seine Wunden
wieder aufbrechen könnten
solche achten nicht
auf eigene Wunden
auch wenn sie die Schmerzen
kaum noch aushalten

der wird sich nicht anpassen
der wird sich nur bücken
um einen Schwachen aufzurichten

solche sind an den Narben leicht
zu erkennen
aber eben viel zu selten zu finden.

SCHEUKLAPPEN

erst als man ihm
irrtümlich
die Scheuklappen
abnahm

sah er Möglichkeiten
seinen Gesichtskreis
zu erweitern

bisher weigern sich
noch einige Lehrer
in Kleinstädten

Schulabgängern
grundsätzlich
die Scheuklappen
abzunehmen.

Lehrjahre

abwechselnd
versuchten sie
aus dem Lehrling Otto

einen Arschkriecher
und Duckmäuser
zu machen

aber nach drei Jahren
stand
Industriekaufmann
in seinem
Kaufmannsgehilfenbrief.

5 Nach Hause

Menschenrechte

auch in den Familien
sollen bei Wiederwahl
der Regierung

die Menschenrechte
versuchsweise
eingeführt werden

vorerst
ausschließlich
für die Erwachsenen.

Gegenterror

dann fuhr er
mit dem Moped Vollgas
eine Stunde wie wahnsinnig
im Hühnerhof herum
bis auch Omas letzte Henne
tot

seine Kleidung war
blutbespritzt und am Blut
klebten Hühnerfedern

aber der Verdacht gegen ihn
blieb und sein Arbeitsplatz
verloren.

SCHLECHTE AUSSICHTEN

zehn oder
schon fünfzehnmal
war er von zu Hause ausgerückt

jede Möglichkeit
die sich ihm bot
nutzte er

einem Fernfahrer
der ihn bis nach Jugoslawien
mitnahm
erklärte er:

ich kann nicht
zu Hause warten und zusehen
wie ich meinem Vater
von Tag zu Tag
immer ähnlicher werde.

WEIHNACHTSFRIEDE

bei der Vernehmung
erzählte der Jugendliche
dem Richter
daß er sich an ein Weihnachten
erinnern könne
ohne Schläge

weil sein Vater
so betrunken war
daß er im Flur
hinstürzte und dort
zwei Tage und
zwei Nächte schlief

und erst nach den Feiertagen
wieder fähig war
zu prügeln.

Täuschende Ähnlichkeit

als Ersatz für die weggelaufene Tochter
damals mit knapp fünfzehn
hält sich das ältere Ehepaar
eine Studentin
ausgesucht nach dem Wunschbild
der zwei
war es die neunte Bewerberin
äußerlich der eigenen Tochter ähnlich
sonst aber kaum als Vorbild
geeignet
wird sie umsorgt und bemuttert
in Abwesenheit sogar
als Tochter bezeichnet
scheinbar kämpft sie nicht
gegen diese Umarmungen an

täglich vergleichen die beiden
Fotos ihrer Tochter mit
Fotos der Studentin
und nach zwei drei Gläsern Wein
bestätigen sie sich die täuschende Ähnlichkeit
gegenseitig
liegen sich vor Glück in den Armen

von Tag zu Tag behandelt die Studentin
das ältere Ehepaar immer abfälliger
im Kopf schon ganz deutlich
den Ausbruch vorbereitet
weglaufen wird sie ohne ein Wort zu sagen
ohne eine Nachricht zu hinterlassen

um dem Bild gerecht zu werden
um der Tochter in nichts nachzustehen

Trauer wird das ältere Ehepaar
anfallen und ganze Nachmittage
werden sie sich stumme Vorwürfe vorschweigen
die Erinnerungen an die eigene Tochter
mit denen an die Studentin vermischen sich
und in einem neuen Anlauf über einen Vermittler
werden sie versuchen
alle Fehler zu wiederholen.

Gute Werke

der alten Dame Holz und Kohlen
in den vierten Stock schleppen
obwohl sie Zentralheizung hat

den Opa sicher über die Straße
zerren
obwohl er die Straße
nicht überqueren will

jeden Tag zwei gute Werke tun
anschließend
die kleine Schwester
kräftig verprügeln

dann bleibt für diesen Tag
aufgerechnet

immerhin noch eine gute Tat
auf dem Konto
übrig.

Wochenlang

wochenlang
wurde abgewogen

ob in den Schwarzwald
ins Allgäu
oder an die Nordsee

schließlich
entschied sich die Familie
ihren Mongoloiden
in einem Heim
im Berner Oberland
unterzubringen

an einem Südhang gelegen
direkt am Waldrand

weitab vom Zuhause
am Tegernsee

und darauf bedacht
bei Bekannten
und Verwandten

einen guten Eindruck
zu erwecken.

Das Weihnachtspaket

ich kann nicht kommen
schrieb der Sohn

rechtzeitig
vor Weihnachten brachte
die Post ein Paket von ihm

obenauf lag
eine Tafel Schokolade
«Frohe Weihnachten»
hatte er draufgeschrieben

darunter war
der große Karton
bis obenhin voll
mit schmutziger Wäsche.

Nach Hause

Junge
schrieb die Mutter
dem Sohn

komm wieder mal
wenigstens für
ein zwei Tage

und wenn
du dich nicht
mit uns unterhalten
willst

kannst du ja
fernsehen.

Sonntagsvergnügen

Sonntagsausflug
zur Brücke über der Autobahn
Köln-Frankfurt
die ganze Familie in Regenmänteln
hofft auf Regen
weil die Chance größer ist
für Staus und Unfälle

nur rechtzeitig losfahren
ein guter Platz ist wichtig
bei diesem Sonntagsvergnügen
als Abwechslung
zum täglichen Fernsehen
frische Abgasluft lockt
und Fahrlärm in den Ohren

erst wenn ein Unfall
zum Stau geführt
wird der Picknickkorb ausgepackt
und alle stärken sich
für den Heimweg und
den anschließenden
langweiligen Fernsehabend.

Und wieder mal lachen

vor dem ausgeschalteten
Fernseher
sitzend
Abende lang
und wieder
nachdenken
sich erinnern

Gespräche führen
Programmhefte studieren
dann
nach Sendeschluß
die Programmhefte
weglegen
und wieder mal lachen

auch wenn Freunde
verzweifelt hastig
in Telefonbüchern
nach Nummern
bestimmter Anstalten
suchen
und schließlich erregt
die Wohnung verlassen

ohne Abschied.

Wenn Gäste am Tisch sitzen

wenn Gäste am Tisch sitzen
schauen wir
weit aus den Fenstern gebeugt
vermeiden Gespräche
antworten nicht auf Fragen

beobachten dankbar
jeden vorbeifliegenden Vogel
die hochfliegenden Röcke
der Radfahrerinnen
und die Fenster gegenüber
beobachten wir

weit aus den Fenstern
gebeugt

wenn Gäste am Tisch sitzen
in unseren Stuben.

Zeichensprache

ich lese dir
deine täglichen Wünsche
von den Lippen ab

wir verstehen uns
wortlos
trotzdem muß ich dich
demnächst fragen

was es überhaupt noch
zwischen uns
zu reden gibt.

Verbindungen

die Briefe
die ankommen
und die
die geschrieben werden
damit
Briefe ankommen

halten Verbindungen
sind wie Sauerstoff
ohne den ich
keine Briefe schreiben
kann
damit Briefe ankommen
und könnte ich
keine Briefe schreiben

gäbe es die Verbindungen
nicht
und meine Adresse
schon lange nicht mehr.

Zukunftspläne schmieden

sich entschließen
an einem Morgen mit Morgenrot
Erinnerungen gesammelt
in einer Plastiktüte
wie zufällig
in einen Abfallkorb werfen
eine Fahrkarte lösen
und zur Nervenheilanstalt fahren

die Aufnahmeformulare so ausfüllen
daß
die Einstufung
als ungefährlich und unheilbar
zugleich
nach wochenlangen Untersuchungen
erfolgt

sich einleben und Zukunftspläne
schmieden
im Park
wo die Geräusche von außen
herüberwehen
aus der angrenzenden
wahnsinnigen Welt.

6 Klare Verhältnisse

Klare Verhältnisse

im Fernsehbericht
über die Demonstrationen
gegen den Bau der Startbahn West
sieht er
wie Polizisten und Startbahngegner
kämpfen
blutend abtransportiert werden
und sogar
Reporter nicht verschont bleiben

verwirrt schaltet er um
mitten in einen Western hinein
und sofort kennt er sich aus
weiß Bescheid
die bösen Banditen
von den guten Gesetzeshütern
verfolgt
bleiben schließlich
abgeknallt wie Hasen
auf der Strecke.

Kurzkrimi

da bleibt dem Mörder
wenig Zeit
überhastet
macht er Fehler

das gibt dem Kommissar
die Chance
ihn schnell zu entdecken
zu verfolgen
zu stellen

zur Flucht kann es
aus Zeitgründen
nicht kommen

während der Fahrt
zum Revier
formuliert der Kommissar
das Geständnis
schon in Gedanken

um nicht zu viel
Zeit zu verlieren
durch ungeübte Formulierungen
des Mörders.

Ausweitungen

jetzt haben sie die Verhöre auch
auf tote Goldfische ausgedehnt
und auf einen Heringskopf
der neben einer Mülltonne lag

und können sich nicht einigen
über ganz bestimmte Formulierungen
im
schriftlichen Protokoll.

Brief aus Amerika

im ersten Brief
schrieb mir ein Freund
aus Amerika
von einem Kinobesuch

er saß
zwischen jungen Indianern
die lachten und klatschten
als drei
Westernhelden
zwei Dutzend Apachen
in einen Hinterhalt
lockten

und gnadenlos
abknallten.

Über die Unsterblichkeit

nachdem der Gefängnispfarrer
seine Zelle
verlassen hatte
dachte der Lebenslängliche
noch lange
über die Unsterblichkeit
nach

und erst gegen Morgen
fiel er
in einen unruhigen Schlaf.

Ein Glück

mit dem Messer im Rücken
gestoßen werden mit voller Absicht
auf den Rücken fallen
ein Unglück kommt selten
allein reißt andere mit

ein Glück daß das Herz durchbohrt
beim ersten Stich
sonst könnte die Platzwunde
vom Sturz auf den Kopf
zu ernsthafter Besorgnis
Anlaß geben.

Erinnerungen an Charly Rivel

wenn mein Nachbar mal wieder
versucht
für seine Frau
den Liegestuhl aufzustellen
muß ich an Charly Rivel
denken
der mit dieser Nummer
Millionen unterhielt

während mein Nachbar
heute wieder
mit gequetschten Fingern
nach mißglückten Versuchen
fluchend
dem Liegestuhl
laut mit dem Beil droht.

SCHATTENBILD

schon festgefahren in der Neuschneedecke
ein Schattenbild
graue Umrisse eines fliehenden Körpers
scheinbar
mehrmals hingestürzt
und wieder aufgerafft

schließlich festgefahren
durch das Gewicht eingedrückt
eingeschmolzen
in der Morgenkühle überfroren
aus dem Fenster schauend
erschrecke ich

mitten auf der Fahrbahn
der Abdruck eines Körpers wie
aus einem vergessenen Traum
dauerhaft beängstigend
in der Dämmerung
und doch schon lange
verweht die Spuren

mit einer Handbewegung
könnte ich leicht
dieses Bild zerstören
nur der Weg der Gedanken
bis zu meiner Hand
ist heute
so unendlich weit.

Kreideränder

Kreideränder
auf dem regennassen Asphalt
und ein Kreiderest
erkennbar
nachdem der Tote
abtransportiert

anzukreiden
vielleicht die Sinnlosigkeit
dieses Todes
kaufte ich weiße Kreide
in der nahen Ortschaft

und zog später vorsichtig
die Todesränder nach
und die Umrisse erinnerten jetzt
an ein fernes Land
irgendwo

zufällig Vorbeikommende
verloren sich bald
ähnlich den Rändern aus Kreide
im leichten Regen
hastig verwischte Spuren

wie Leichtsinnsfehler
weggewischt
mit einem nassen Schwamm
auf der Schultafel.

Zwei Paar Socken

seit ich neulich das Unfallopfer
im leichten Nieselregen
halb unter dem LKW liegen sah
tot
vom Kopf bis zu den Knien
von einer Decke verdeckt
der linke Fuß ohne Schuh
und ein daumengroßes Loch
im Socken

habe ich tagtäglich
zwei Paar Socken
im leichten Handgepäck
weil ich nicht riskieren will
durch ein Loch im Socken
lächerlich zu wirken
in einer solchen
oder ähnlichen Situation.

Landschaft mit Vogelscheuchen

Saatkrähen
sitzen im Schatten
klappernder Vogelscheuchen

und ahnungslose Kinder
erschrecken sich
und rennen
zu den Häusern zurück
ohne sich umzudrehen

sonst könnten sie
die Krähen sehen
wie sie sich wundern

warum die Bauern
Vogelscheuchen bauen
um ihre spielenden Kinder
zu erschrecken.

Drachen

Väter und
Kinder schon
mit schiefen Hälsen

ein lachender Vogel
vom Wind erregt

nur eine Nebelkrähe
schreit vor Angst

und träumt später
auf einem reifbedeckten Ast
von Drachen
mit
Vätern und Kindern
an Schnüren

und lacht
im Schlaf.

VERKANNT

im vergangenen Jahr
wurde er
von einem Pferd getreten
von zwei Wespen
gestochen
von einem Pinscher
angefallen und
an einem einzigen Tag
von sieben Bremsen
angezapft

obwohl er
als tierlieb bekannt
und stellvertretender
Vorsitzender
im örtlichen
Tierschutzverein
seit Jahren.

Schwalben bringen Glück

Schwalbennester am Haus
heißt es
bringen Glück

meinen dreijährigen Sohn
haben Bauarbeiter
montags im Neubau
gefunden
bei Regenwetter haben
wir ihn begraben

meine Schwiegermutter
sagte nachher
er hatte das Zeug
für einen Architekten
weil er sich für
Neubauten interessierte

mein Töchterchen
wurde vier Wochen später
gestochen
von einer Biene ins Bein
und ein blauer Strich
schlich sich immer höher
was haben wir uns
gewundert

auch Frau Müller
unsere Nachbarin
wenigstens warm war es
und wir schwitzten
vor dem Grab

mein Auto haben sie
vor dem Friedhof
gestohlen
und mein Chef kündigte mir
weil ich vor Angst
jeden Morgen
zu spät ins Büro kam

meine Frau habe ich überrascht
mit einem anderen im Bett
ein freundlicher Mann
nur etwas alt

an meinem Haus
das versteigert werden soll
waren alle Jahre
die Nester voller Schwalben.

Zwischen den grossen Sensationen

zwischen den großen Sensationen
haften Kinder für ihre Eltern
die Clowns
haben Kinder und Narren
auf ihrer Seite
die sowieso
bei den großen Sensationen
ängstlich die Augen schließen
und erst wieder schauen
wenn die großen Sensationen
geglückt

so bleiben für Kinder und Narren
die Clowns
als Sensationen übrig.

Erinnerungen an einen kleinen August

an sein Gesicht kann ich mich
nicht mehr erinnern
es muß klein gewesen sein
mit Streifen
quer durchs Gesicht geschminkt
passend zu seinem Ringelhemd
schwer zu ahnen wo das Gesicht
anfing und das Hemd aufhörte

seine Hose war sein Schneckenhaus
so weit
daß er zusammen mit einem Freund
hätte drinnen leben können
jeder in einem Bein
luftig schwebend
an den Hosenträgern aus Gummi

von den vielen Clowns
die ich erlebte
blieb nur er in meiner Erinnerung
sicherlich wegen der Streifen
und des fehlenden Gesichts
und seiner bewohnbaren Hose
die Platz bot
für zwei.

Wie Luftblasen

lebenslang
lachte er
gegen Tränen an
die in ihm aufstiegen
wie Luftblasen
vom Grund der Teiche

in der Manege weinte er
daß sich
die Zuschauer vor Lachen
kaum
auf den Bänken
halten konnten.

Über die Gründe

lautlos hatten die Clowns
das Land verlassen
traurig und abgeschminkt
in schäbigen Anzügen
ihre Tarnung reichte nur
bis zu den Knien
den Grenzwächtern hätten
die Schnabelschuhe auffallen müssen

kurz nach Mitternacht
als der letzte Clown jenseits der Grenze
in Sicherheit war
verbreitete sich die Nachricht
wie ein dunkler Schrecken
von Haus zu Haus
es wurde viel geschwiegen in dieser Nacht
in den folgenden Nächten

über die Gründe.

7 Und diese Windstille

Züge

als Kind
im Haus dicht
an der Bahnstrecke
habe ich die Zeit
nach dem Vorbeidonnern
der Züge
gemessen

und noch heute
reißen mich Züge
aus dem Schlaf
und liege ich wach

ist es mir
als fahren die Züge
quer durch mein Bett

obwohl die Schienen
verrostet
weil die Strecke
stillgelegt
seit Jahren.

Schwarze Wolken

den Himmel
mit drohend schwarzen
Wolken

hast du
in mein Rechenheft gemalt

viele Formeln
habe ich vergessen

aber diese
schwarzen Wolken

warum nur
maltest du mir
diese Erinnerungen.

FUSSABDRÜCKE

Kriegstänze unbekannter Indianerstämme
auf den heißen Häuten
der weichen Teerstraßen barfuß getanzt
hüpften wir bis die Teerhäute
rissen und unsere Füße
bekamen eine zweite Haut die
oft über Wochen haftete
wenn wir uns vorsichtig oder
überhaupt nicht wuschen

ich erinnere mich an eine Stelle
wo einer unserer Fußabdrücke
noch einige Jahre später
zu besichtigen war und wir
noch hingepilgerten als wir
herausgewachsen waren
schon längst aus diesen Kinderfüßen und
nichts mehr wissen wollten
von den Kriegstänzen
unbekannter Indianerstämme.

Blindekuh spielen

Blindekuh spielen
offensichtlich
mit dem Tuch vor den Augen
nicht grundlos herumirren
Ausreden haben für
Fehler und Schwächen
die Mädchen anfassen
dort wo sie sich sonst genieren
warum also abklatschen

ich sehe genug
schattenhaft zwar doch ausreichend
um nicht ohne Absicht
hinzufassen
und trotzdem getröstet werden
lange Nachmittage
in den gepflasterten Hinterhöfen
wo die Gerüche vom Mittagessen
sich bis zum Abend halten

Blindekuh spielen
bis es dunkel wird
dann die Mädchen erschrecken
im düsteren Hausflur
und an viele Tage denken
mit dem Tuch vor den Augen.

Mit einem Handstreich

mit einem Handstreich
eine Königsfamilie ausrotten
wo sie seltener geworden
als die geschützten Tiger
aber wer fragt schon nach ihnen
ich kann nicht
für Könige sprechen
ich kenne keinen einzigen
persönlich
aber ich will auch nicht
gegen sie
Tiger in einer Waagschale halten

mit einem Handstreich möchte ich
die Sehnsucht ins Gespräch bringen
nehmt es mir nicht übel
ich verzichte auf Applaus
der wäre mir sicherer
sobald die Königsfamilie ausgerottet

ich bin sicher
mit der Sehnsucht im Herzen
läßt es sich mit Königen leben
und mit Tigern.

Scheinbar von Kindern bewegt

Kinder laufen am Ufer
und ich
muß einmal hinschauen und noch einmal
wenn ich nur wüßte
liegt das Schiff vor der Schleuse
oder schwimmt es
was ist dann mit den Kindern
laufen sie
oder stehen sie staunend am Ufer
vielleicht sollte ich mich doch
an den Wolken orientieren

der Schleusenwärter hatte mich
ins Zimmer gerufen
und ich sitze direkt dem Fenster gegenüber
und während ich auf seine Worte warte
schiebt sich
ein großes Schiff vor das Fenster
daß wir die Lampe brauchen
um unsere Gesichter noch
zu erkennen
so dicht steht das Haus am Kanal
das Schiff vor dem Fenster

auf einem solchen Schiff möchte ich
Matrose sein
mit langen Bändern an der Mütze
dann könnte ich immerzu «Ahoi» rufen
zum nahen Ufer
Matrose möchte ich sein

auf Schiffen so dicht am Ufer
daß sie die Luft durch die Fenster
  in die Häuser drücken
auf Schiffen
die scheinbar von Kindern bewegt werden
manchmal auch von Wolken.

Mexico nähert sich

auf dem Pazifischen Ozean oder
war es doch auf dem Atlantik
aber Wellen sind Wellen und
Wasser schmeckt salzig auch
der Regen
das Land Mexico
jeder hat davon gehört viel
weiß ich nicht über dieses Land
erst kaum erkennbar
hat Kurs auf mich genommen

dabei denke ich an die Zeichnung
meines Lehrers
der an einem Dampfer die Kugelform
der Erde erklärte
so leicht geht das
das kapierte auch ich zum Beispiel
und jetzt auf dem Wasser
staune ich
weil sich die Zeichnung bestätigt
denn Mexico nähert sich
grundlos
es stand nichts in den Zeitungen
weil die nebensächlichen Meldungen
viel Platz brauchen
Augenblicke werden übergangen
bei Katastrophen werden nur
die Opfer gezählt
und wer als erster die meisten Opfer gemeldet
macht das Rennen

nichts von den Augenblicken
wo ein Land sich nähert
Mexico sage ich
ich kann mich auch irren
weil ich unsicher bin
ob ich auf den Wellen des Pazifischen Ozeans
oder auf dem Atlantik schwimme.

Mitten in der Schonzeit

Wiederbelebungsversuche
halsüber kopfüber
Luft zwischen deinen Lippen
und weiter südwärts
unter der Gerüchtedecke
mit dem Kompaß umgehen lernen
Lippen auf Lippen

während der Nachtwachen
Amerika verfehlen
mit voller Besegelung
eine Gegend entdecken
landunter die Flüsse und
das ganze Land

Fische in Ohren und Mund
Fischaugen erkennen schuppiges Land
und unter den Schuppen
zerplatzte Wortblasen
an denen Brachvögel würgen

daß sich zufällig vorbeischwimmende
Fische
mitten in der Schonzeit
die Pulsadern öffnen
sich bäuchlings
rechtzeitig
Wiederbelebungsversuchen hingeben

du hättest andere Zeichen erwartet
Narben gewünscht
läufst in die zweischneidige Klinge
in meiner unachtsamen Hand
doch mir sind bauchoben schwimmende Fische
Zeichen genug.

Die Trauer

die Trauer festnageln
an alten Plakatwänden oder an Straßensperren
den Weg will ich nicht mehr zurück
mir reichen schon die Blicke
zurück
ist doch sowieso nichts zu sehen
was ich nicht schon
gesehen hätte
je mehr ich mich von dieser Zeit
entferne
umso deutlicher sehe ich
übersehe ich
rückblickend den Horizont
der von hier bis dort reicht

ich könnte alle Erfahrungen dieser Jahre
mit einem Handstreich
vom Tisch
in eine Plastiktüte streifen
deren Werbeaufdruck durch den Gebrauch
schon unleserlich geworden
die vergangenen Jahre also
in der Plastiktüte
dazu noch ein bißchen Melancholie
eine Dose Cola und einen Bleistiftstummel
griffbereit auf dem Tisch

gerüstet also zu jeder Tageszeit
wenn einer käme
den Kopf voll mit Fragen
mit ihm würde ich
den Weg zurückgehen
wenn nötig
die Straßensperren überspringen
um die Trauer loszureißen.

Hoffnung

ich kann sie nicht
beschreiben
diese Stadt
meine Stadt

die Straßen die Häuser die
Menschen
wie in anderen Städten

nur hier
in dieser Stadt
besteht Hoffnung
für mich
daß ich jemanden treffe
der sich
an meine Gesicht erinnert

auch wenn
er meinen Namen
bereits vergessen hat.

Der Rentner

der Rentner
von einem Fremden
nach dem Namen der Stadt
gefragt
kann sich plötzlich
nicht mehr erinnern

nur daran
daß er sich früher
in der Fremde
diesen Namen
tagtäglich vorsagte

und jetzt
nach seiner Geburtsstadt
gefragt
nach diesem einen Wort

und er kann den Namen
nicht finden.

Einstufen

während der kurzen Aufenthalte
den Schienen entlang
nach vorne gehen
wo sich die Ortschaften öffnen
hier jetzt
tief einatmen
die Gegenden
nach dem Geruch der Erde
zu erkennen versuchen

und falls notwendig
zurückhasten
um auf den anfahrenden Zug
aufzuspringen
und bei weiteren Aufenthalten
erneut
die Gegenden
nach dem Geruch der Erde
zu erkennen versuchen.

Land drängt

Land drängt im Schlaf
durch meinen Körper
Wälder und Seen
Kornfelder
und der weite Horizont

so wird Land
zur Heimat
erzählte mir jemand
träumte ich

während die Häuserfluchten
von New York oder
Tokio durch meinen Körper
ziehen

lache ich noch beim Aufwachen
solch Land
solch Land wird Ferne bleiben
nie Heimat werden können
weil menschenleer.

Bahnfahrt

mit einer Fahrkarte
zweiter Klasse
in der Hand
einem Fensterplatz
und geschlossenen Augen
ist es so
als würde der Zug

nicht einen einzigen Bahnhof
verlassen

und je länger die Fahrt
um so weniger
unterscheiden sich
die Gründe
irgendwo anzukommen

und irgendwann
einen Ort zu verlassen.

Und diese Windstille

und diese Windstille
die geliehene Leiter
schräg gegen den Wind
gelehnt
und Sprosse
um Sprosse
Wünschen folgend

der Boden
kaum noch zu erkennen
und die Wolken
hängen heute
so tief

und diese Windstille
jetzt
wie lange
schon lange –
zu lange?

Nachrichten für Wenige

weißt du wo
kennst du das Wort
den Ort

wenn auch nur
für Augenblicke

die Schuhe achtlos
von den Füßen streifen

unsinnige Träume
vom Gehetztsein
später belächeln

weiß du wo
kennst du den Ort
bitte
verrate ihn mir.

8 Aussichtslos

Brief in die Provinz

besuche mich in der Stadt
schrieb sie ihm
in ihrem ersten Brief
komm
aber frage nicht erst Gott
und die Welt
sonst ist das Nest leer
das ich für uns gebaut

die Sommer werden immer kürzer
schlage auch
keinen Umweg ein
denn Besuch
ist nur bis zweiundzwanzig Uhr
erlaubt.

Wenn du

wenn du
zufällig vorbeikommst
würde ich dich gerne sehen
versuche es
hinter vielen Schlössern
deren Schlüssel ich
nicht besitze
und hinter Eisenriegeln
die ich nicht bewegen kann
erwarte ich dich

vielleicht will es
der Zufall
daß ich dich
hören kann

wenn du unten
unruhig wartest.

Liebesbriefe

den Kopf voller Liebesbriefe
hundertmal neu formuliert
und doch nicht
an dich abgeschickt

pfeift der Nachbarsjunge
«Kommt ein Vogel geflogen...»

öffne ich erleichtert
alle Fenster im Haus
vielleicht kommt der Vogel
schon
mit einer Antwort von dir.

Vogelschutzgebiet

genistet
zwischen deinen Brüsten
Schwalben

gerade dort
wo ich dich gerne
berührt
ist Vogelschutzgebiet

aber ich
werde den Herbst
abwarten
bis deine Schwalben
Süden gewinnen.

Zehen

wegen deiner Zehen
liebe ich dich

du hast zwei dicke große
zwei kleine
andere dazwischengequetscht
ändern ihre Form
nach den Schuhen

manchmal ängstige ich mich
wegen unserer Kinder
mit diesen Zehen

oder meinst du
diese Zehen vererben sich nicht?

Die Papierrose

auf dem Rummelplatz
wollte ich dir
mit dem Luftgewehr
den einen Wunsch
nicht erfüllen

die Papierrose schoß dir
ein anderer

bis heute
hält mein Entsetzen an
wenn ich an wichtigere Wünsche
denke
die ich dir
irgendwann später
hätte erfüllen müssen.

Nur Federn gelassen

was sie für Bedingungen stellte
vor dem ersten Kuß
mit ihrer grenzenlosen Phantasie

Meineide schwor ich
mit der Hand auf meinem Herzen
und beim Leben meines Großvaters
vor Jahren verstorben
ständig murmelte ich Stoßgebete
gewappnet so
gegen weitere Forderungen von ihr
Gelübde legte ich ab
die mein Unglück besiegelten
verkaufte meine Seele
nicht nur einmal
beim Beichten schließlich
verspielte ich
meine ewige Seligkeit

als ich alle ihre Forderungen
erfüllt hatte
rief ich sie an
doch sie nahm den Hörer nicht ab

so blieb ich alleine in meiner Verzweiflung
hätte schwören können
daß ich sie schon verloren hatte
als sie mir ihre Bedingungen nannte
für den ersten Kuß.

AUSSICHTSLOS

so schnell bricht alles zusammen
auch wenn ich immer wieder
sagte
der Mittelpunkt der Welt
ist unser Liebesnest
und verzweifelt
suchten wir beide
später
auf deinem Luxus-Leuchtglobus
ohne Aussicht
drehten wir
suchten wir
vergeblich letztlich
die Mühe

enttäuscht hast du mich
verlassen
wegen meiner Lügen
wie du feststelltest

so blieb mir als Andenken
dein Leucht-Globus
in Luxusausführung
schon reichlich verstaubt
auf dem Schreibtisch.

Alle verbrennen

die Fotos mußt du alle
verbrennen
dazu die Negative
fünf Jahre gemeinsame Sehnsüchte
und Träume
wie sie sich krümmen
im Feuer

deine Augen haben mich
auf vielen Fotos fest im Blick
glückliche Augenblicke
dauerhaft erstarrt
im Feuer kommt
Bewegung auf

verwackelt manchmal
und unscharf oft
zu voreilig der Eindruck
denn so kann es nicht wahr
so kann es nicht gewesen sein

mit bläulicher Flamme
verbrennen die Fotos
nur die Negative
bestehen die Feuerprobe
unbrauchbar zwar
aber

immerhin.

Nach Wochen

nach Wochen heimgekehrt
die Wohnung eiskalt
geruchlos schon
im Bettlaken erkenne ich
die Umrisse deines Körpers
oder bilde es mir nur ein
auf der Tapete ein heller Fleck
wo das Foto hing
du schautest mir
lachend über die Schulter
im Augenblicksglück

etwas länger brauchte die Sonne
damals
du hattest in den Schnee geschrieben
«ich liebe dich»
noch am anderen Nachmittag lesbar
schon am Abend
konntest du dich nicht mehr erinnern

krampfhaft versuche ich
mich an Filme zu erinnern
wo der Held
von seiner Geliebten verlassen
seine Trauer überwand
aber viele Beispiele kann ich nicht
aufzählen
denn solche Filme
wolltest du nicht sehen

deinen Schatten fühle ich
in meinem Rücken
als stündest du hinter mir
obwohl die Türe ins Schloß
gefallen ist
und die Nächte beginnen
in denen es nur darum geht
das Morgengrauen zu erleben.

Üben

die Trennung üben
mit großen Gebärden
theatralischer ging es nicht mehr
einmal mit dem Brotmesser
was haben wir nachher gelacht
weil du dich dabei
vor lauter Übermut
in den Finger geschnitten hast
und fast ohnmächtig wurdest
vom Blut auf Bluse und
Fußboden

und dieser Vorfall ging mir
nicht mehr aus dem Kopf
viele Jahre lang
bis die Tür zugefallen war
zwischen uns
und mein Schlüssel innen steckte
wie in einem
mittelmäßigen Film.

Unachtsam

behutsam
will ich dich töten
meine zitternden Finger
werden deine Haut dort streicheln
wo ich die Klinge ansetzen werde

in deinen Augen
möchte ich davonschwimmen
schwindlig vor Angst
und vor deinen Schmerzen
ich
trunken von meiner Zärtlichkeit
werde
deinem erstaunten Blick
nachschauen

losheulen
weil ich den Weg vom Friedhof zurück
allein gehen muß

und unachtsam werden
daß Blut von meinen zitternden Fingern
auf meine auf Hochglanz polierten Schuhe
tropfen wird.

Brautnacht in der Subway

wir wollten uns in einer heißen Nacht
zwischen den Stationen lieben
die Hochzeitsnacht wiederholen
das erste Mal machten wir es in einem Lift so
um die fünfzig Stockwerke herum
die Anzeige funktionierte nicht und
blutig verlor meine Braut die Jungfernschaft
unter animalischen Schreien
vielleicht
weil der Lift immer noch nach oben raste

hundertmal Wiederholung getrieben
heute nach unserer Trauung hatten wir gemeinsam
die Subway ausgesucht
unser einjähriges Verfallensein zu feiern
so zogen wir wie in einem Triumphzug sie
im geliehenen weißen Brautkleid und einem
langen Schleier und nichts darunter
und Steve mit offenem Hosenlatz der sich nicht
schließen ließ und zwei Handvoll Freunde
die uns abschirmen sollten vor
den anderen Fahrgästen so um zweiundzwanzig Uhr
schob ich ihr Brautkleid bis zu den Schultern hoch
unnatürlich im flackernden Neonlicht
ihre rothaarige Scham und
violett ihre Brustwarzen die
zuerst einen Neger erregten der sich
zwischen uns drängen wollte als ginge es
nur um Fleisch
doch ein Indianer mit einer Hühnerfeder

im Haar riß ihn zurück
ließ seine Hosen herunter warf sie hoch
und während sie zappelnd Boden unter den Füßen
suchte drang er in sie ein und hob sie hoch
und ließ sie fallen
und meine Braut stöhnte
kam schon beim dritten Mal und der Indianer
ließ sie fallen
drehte sich weg und heulte vor
Enttäuschung und Wut
und jetzt endlich war ich an der Reihe
doch meine Braut wollte nur noch fallengelassen
werden
und mein Freund Steve versuchte es auch
gab bald auf
während sie ihn beschimpfte und es nie wieder
mit ihm treiben wollte
so schimpfte sie ihren Haß heraus meine Braut
die Braut von uns allen ohne
daß ich etwas bemerkt hätte vorher und
das ganze Jahr lang
Treue hatten wir uns geschworen
vor wenigen Stunden
in guten und in schlechten Zeiten

sie streichelte sich jetzt zwischen ihren Beinen
und lachte und weinte
ganz anders als im Lift auf dem Autofriedhof
im verlassenen Lagerschuppen
die mitgebrachten Flaschen kreisten und
die große Nummer wurde herbeigeredet
und meine Braut öffnete sich jetzt rosig
wie ich es so an ihr liebte in solchen Augenblicken
und jetzt wurde mir klar

nicht sie liebte ich
sondern die Liebe zwischen den Stationen
diese flüchtigen Erinnerungen die mir davon
blieben
wo sich nichts abnutzt
scheinbar

über ein Jahr lang hatten wir unsere Sehnsucht
hochgeschaukelt
uns in der Subway geliebt
denn bis heute habe ich keinen schöneren Ort
für uns gefunden
wo sich Ebbe und Flut so nahe sind
Staubkörner von einem Mund in den anderen
wandern ohne Anstrengungen die Liebe fast
im Stehen eindringen und die Bewegungen
der Subway nutzend
und vor der Endstation gemeinsam den Boden
verlieren
unter den Füßen
in der leergeatmeten Luft die anfangs
Erstickungsanfälle und Brechreiz bei mir hervorrief
bis ich mich gewöhnte
in einer Subway in New York
gegen zweiundzwanzig Uhr
abgeschirmt vor toten Augen und
gleichgültigen Gesichtern
sich treiben lassen
zeitlos
nichts fürchten müssen
als das verlöschende Licht an der Endstation.

Subway, that's life

sie schrie und kratzte biß und heulte
verfluchte mich für alle Ewigkeit
dabei sollte sie nur dem Kontrolleur
gefällig sein
weil wir alle ohne Fahrschein erwischt
keinen ganzen Dollar bei uns hatten
siebzig hätten berappen müssen
doch so viel Geld auf einem Haufen
konnten wir uns kaum noch vorstellen
der Gedanke daran machte uns schon schwindlig

erst als sie merkte sie ist der einzige
Trumpf in unserem Spiel
reizte sie ihn
ließ sich taxieren
hob den Rock über die Knie
nahm seine feuchte Hand
und führte sie in ihren Ausschnitt
drückte sie an ihre harten Brustwarzen
bis er unter unseren massiven Drohungen
zustimmte

wir rissen ihm ruckartig die Uniformhose
bis zu den Waden hinab
und seine verschrumpelte Männlichkeit
erschreckte uns
beleidigte Mary
Henry faßte Mary am Handgelenk und
zog sie dicht zum Kontrolleur

die anderen Fahrgäste drängten dicht heran
spürten kostenlosen Spaß
johlten und begannen rhythmisch zu klatschen

und Mary schrie und kratzte
biß und heulte und verfluchte mich und andere
bis in alle Ewigkeit
dabei sollte sie nur dem Kontrolleur
gefällig sein für eine Summe
die uns reich gemacht hätte
für eine lange Nacht

ich redete leise gegen das Gejohle
auf Mary ein
zog ihren Slip herunter
warf ihn wie eine Trophäe in die Luft
und der Kontrolleur
faßte nach seinem Schwanz
heulte laut auf vor Scham
es gab eine Verschnaufpause
weil erste Wetten abgeschlossen wurden

wie fauliges Brackwasser bewegte sich
die Gruppe
eine Prostituierte jammerte über
die Konkurrenz
und weil wir an der nächsten Station
aussteigen wollten
beschimpfte Henry auf ein Zeichen hin
den Kontrolleur
der sich an eine unbescholtene Frau
herangemacht habe
für eineinhalb Dollar nur
wo ihr Slip schon mehr gekostet hatte

Herumstehende schlugen jetzt auf ihn ein
machten Stimmung gegen ihn
mit häßlichen Worten
während sich die Türen öffneten
stürmten wir zum Ausgang
Mary blank unter dem Rock
hilflos der Kontrolleur jetzt mit
heruntergelassenen Hosen weinte uns hinterher

und draußen lachte Mary ihr altes Lachen
erleichtert
denn sie war die Gewinnerin in unserem Spiel
und später mit ihr allein
erzählte ich ihr von der Erregung
die ich nur in der Subway spüre
mit geschlossenen Augen von Station
zu Station Leben riechend
wenn die eingeatmete Luft
vermischt mit den verschiedensten Gerüchen
zittert

es klappte nicht in dieser Nacht
zwischen uns
denn sie hatte nichts gerochen
vor Aufregung
und ich zog mich wieder an
fuhr bis zum Morgengrauen ohne Fahrschein
in der Subway kreuz und quer durch die Nacht
unter der Stadt die ich
als Stadt nicht kannte
und meine Erregung steigerte sich
von Station zu Station auswechselbar
deren Namen die Städte darüber ebenso
nicht austauschbar das Gefühl

das süchtig machen könnte
das süchtig macht

doch wenn ihr euch diesem Gefühl nicht hingebt
seid ihr nicht verloren
nur das Leben geht an euch vorbei
ohne daß ihr es kennengelernt habt

in der Subway

9 Wölfe im Garten

WINTERSCHLAF

von Jahr zu Jahr
länger die Abstände
Leben dazwischen kürzer
und dann noch
Zeit abzweigen für Träume

ich habe mich
daran gewöhnt
mich noch einmal
auf die andere Seite
umzudrehen
bevor ich meine Augen
öffne
bevor ich sie
offen halte

einfach umdrehen
traumlos winterschlafen
auf
Leben verzichten
und auf Träume.

Dann könnte ich grosse Pläne verwirklichen

die Ausgeschlafenen machen mich
unruhig
verschlafe ich doch täglich
viele Stunden
könnte ich nicht lange Romane
schreiben
in den verschlafenen Stunden
ich müßte mir eine Medizin
verordnen lassen
gegen meinen gesunden Schlaf
obwohl das Amt
durch Verordnungen
gegen die Ausgeschlafenen vorgeht
und saftige Bußgelder verhängt

ich gehöre zu den selten
Ausgeschlafenen
und doch bin ich wach genug
schlaflose Nächte stehen
auf meiner Wunschliste
als Beweis
an erster Stelle

wenn das Haus
nachts zur Ruhe kommt
hellhörig wird
erkundet meine Phantasie
Geräusche

läßt sich auf die Gasse locken
vom Flittchen Neugier
während ich im Zimmer
unruhig warte
zu unruhig um einen Roman zu beginnen
zu unruhig auch
um am nächsten Morgen
halbwegs ausgeschlafen zu sein.

Im Krankenbett

die schönsten Träume
bis in den Mittag
unter der Decke behalten

Fieberkurven
nachsingen

die Krankheiten der anderen
leiden
ganze Nachmittage
bis in die
Kinderkrankheiten hinein

und sich dann
in den Träumen
gesund lachen.

Strassenträume

zwischen Zebrastreifen und
Autoschlangen
von menschenleeren Stränden und
einsamen Inseln träumen
aufwachen zwischen weißen Wänden
umsorgt von Ärzten und Schwestern
Arme und Beine in Gips
Kopf und Augen mit Binden
verhüllt
auf die Ohren angewiesen

wenn das Fenster geöffnet ist
dringen die Geräusche der Straße
bis hier ins Zimmer
Zeit genug jetzt
ohne Hast
die Straßenträume
angefangen zwischen Zebrastreifen und
Autoschlangen
ganz zu Ende zu träumen.

Die Sumpfdotterblumen

die Sumpfdotterblumen
haben
die Stadt umzingelt
seit die Sumpfgebiete
Karst

nur der Blinde erkannte
in den Rissen
den Angriffsplan
aber seine Warnungen
wurden mit lachenden Augen
abgetan

die Bürgerwehr
mit gezielten Schüssen
wollte den Parteienstreit
mit Gewehren entscheiden
vergeblich

und die Sumpfdotterblumen
wenige Wochen später
auf den Straßen
die Einwohner evakuiert
und der Belagerungszustand
ohne Ausruf
Tatsache

die Stadträte
von Standgerichten
vergeblich verfolgt

schon in den nächsten Stunden
muß
mit der Übergabe
der ausgedörrten Stadt
an die Sumpfdotterblumen
gerechnet werden.

Hoffnungsfäden

den Spuren der Weinbergschnecken folgen
in den Einflugschneisen die Motten
unterstützen bei ihrem Kampf
gegen das Kerzenlicht
gegen die Zugluft
Wortberge auftürmen
Pfauenaugenflügel flügelstarr
Abendröte wird zum Tauschobjekt
eingekellerte Zeit in Schneckenhäusern
als wohlfeile Dreingabe

Flügel immer nur Flügel wirbeln auf
schließlich werden die Spuren
der Weinbergschnecken
behutsam unter die Fittiche genommen
Leuchtkäfer unermüdlich
halten letzte Glut durch schnellen Flug
am Glimmen
Hoffnungsfäden der Nacht und
Schweißausbrüche

verlassen ist leichter
als verlassen werden
in den Einflugschneisen ungeschützt
dem kalten Ostwind ausgesetzt
ist für Pfauenaugen Denkzettel genug.

Stilleben mit Pudelmütze

der steife Schwanz der schwarzen Katze
ragt weit in den Mittag
auf der Tischplatte
eingetrocknete Kaffeeflecken
ein Fliegenparadies

der Schlaf behält die Pudelmütze
über Augen und Traum gezogen
rauhreif geschütztes Lachen
klammert sich später
an einzelne Worte

der Vogel auf der Wäscheleine
zwingt die Katze
aus dem Schlaf zu schlüpfen
fast hätte ich den Vogel
warnen können
doch meine Stimme
lieh ich im Traum
meinem Goldfisch
der sie im Wasser vergeudete
und viel Zeit benötigt
sie Schluck für Schluck
zurückzuatmen

während sich der geschmeidige Schwanz
der schwarzen Katze
um das Goldfischglas ringelt.

Unter gelben Flügeln

der Goldfisch
im Glas
bedauert den Vogel im Käfig
ohne Wasser
nur die Flöhe im Gefieder
beflügeln ihn
manchmal
an stillen Vormittagen
zu einem Versuch

unter den Flügeln
denkt er
unter den gelben Flügeln
ließe es sich leben

und nimmt vorlieb
mit einem Stück Teppich
und reißt sein Maul auf
nimmt Maß
am Käfig mit Vogel.

Wölfe im Garten

deutlich im Schnee zu erkennen
Wölfe in meinem Garten
ein ganzes Rudel
vielleicht fünfzehn oder zwanzig und dieses Heulen
hoffentlich hören es die Nachbarn nicht

ich habe die Fenster geschlossen
die Rolläden heruntergelassen
Watte in meine Ohren gestopft und lausche
bis aus dem Heulen der Wölfe
das Heulen des Windes wird

und im Traum bin ich ein schwarzes Schaf
und das Rudel fällt über mich her
zerfetzt mein Fell
doch bevor der Schmerz mich erreicht
sehe ich nur Schafe um mich herum
und ich bin der Wolf
reiße bis ich erwache
ein Schaf nach dem anderen

keine Blutspuren im Bett
ich atme auf
und keine Wölfe mehr im Garten
ein Morgen also wie jeder andere
wären die Wolfsspuren nicht gewesen
und Losung
deutlich zu erkennen im Schnee.

Lange Hälse üben

im Körper steht mir
das Wasser bis zum Hals
verschlinge Papierschiffchen
für alle Fälle
vor dem Spiegel ängstige ich mich
der Gezeiten wegen

überhole im Luftholen
die hastigen Atemzüge der Fische
im Korb
falle mir in den Arm
bändige so meine Angst
leichtsinnig
wie ich einmal bin

übe ich lange Hälse
vor dem Spiegel
stelle mich auf Zehenspitzen
zum meßbaren Erfolg.

Das Wasser in meinem Kopf

bei Flut schwappt
das Wasser in meinem Kopf
wenn ich mich bewege
auch bei Ebbe
steht das Wasser in meinem Kopf
in Augenhöhe
in dieser Mittelgebirgsgegend
wo Quellen im Sommer versiegen

ich fühle den Mond und
die Gezeiten
und es gibt Augenblicke
wo ich Meeresrauschen höre
aus meinen Ohren heraus
als preßte ich eine Muschel
fest an ein Ohr
da bin ich ins Hochgebirge gefahren
hoffnungsvoll
daß das Wasser zurückbliebe
aber ich habe mich geirrt
das Meeresrauschen verstärkte sich
und sogar der Wind roch nach Meer
und schmeckte nach Salz

Ebbe und Flut wechseln
in meinem Kopf
auch wenn draußen
Quellen versiegen

täglich erwarte ich
den Zeitpunkt
wo ich die Augen schließen muß
damit keiner die Wellen
in meinen Augen sieht.

Vogelhaft

die ungeordneten Zeitungen
der vorletzten Woche
werfe ich in die halbvolle Badewanne
manchmal auch in einen Wassereimer

ganze Schwärme aufblitzender Fischleiber
lösen sich aus dem Zeitungspapier
sogar ein haiähnlicher Raubfisch
der mir die schönsten Fische vertrieb

staune stundenlang
über die seltensten Fische
deren Namen ich nicht einmal
in Fachbüchern fand
die namenlos bleiben müssen

nie ähneln sich Fischarten
die befreit aus den aufgeweichten Zeitungen
den Ozeanen zustreben
manchmal
vor meinem Fenster in der Luft stehen
vogelhaft
schwarmweise Abschied nehmen

der leichteste Windhauch
von den Flossen aufgefangen
treibt sie hinter den Horizont

auf dem Fischmarkt
kopflos in Zeitungspapier gewickelt
kehren sie zurück
ganz nahe zu den Buchstaben
doch immer noch kopflang entfernt
und zu spät
für jegliche Regungen.

Weisse Raben

weiße Raben
sind ständig in der Luft
du könntest
den Flügelschlag verspüren
die Augen im Sonnenlicht
aufblitzen sehen
und den Schalk
aus ihren Schreien
heraushören

auch Sonntagskinder
haben wenig Chancen
nur einen einzigen
weißen Raben zu sehen

nur ihre Schatten
schwarze Rabenvögel

sind leicht zu erkennen.

Fischblut

mit rundem Mund aus blutleerem Fischfleisch
suche ich im Traum
unter Wasser
an Haken hängende Worte
ziehe an Schnüren
in unendlich langen Nächten
wickle sie ungeschickt zu einem dicken Knäuel
um mein Fischherz
bis es unfreiwillig gefesselt
untergeht
bei Sonnenaufgang
im Fischblut ertrinkt
ohne den Angler zu sehen
am Ende des letzten Atemzuges

wenn der Herbst am Straßenrand
blätterlose Äste weit in die Straße streckt
werde ich vom Fahrtwind gedrängt
rutsche die Straßenböschung hinunter
überwintere
wickle gegen Ende des kommenden Sommers
das Knäuel um mein Fischherz ab
träume mich zurück
unter Wasser
im jährlichen Rhythmus
dann.

Die Luft in meiner Lunge

du hast Angst
eine der Tauchenten könnte
den Kopf nicht mehr
aus dem Wasser heben

und ich
dachte ich
wenn ich beim Tauchen
einen Traum
zu träumen begänne
der länger anhielte
als die Luft
in meiner Lunge
ausreichte

du brauchst dich
nicht zu ängstigen
ich hörte noch nie davon
daß eine Tauchente
während des Tauchens
starb.

Wunsch

zwischen den Fingern
sind mir
Schwimmhäute gewachsen

wieviele Tränen
habe ich
Flügeln nachgeweint
die ich mir wünschte

aber Wünsche gehen
nur Sonntagskindern
in Erfüllung.

Was ich mir noch wünschen möchte

daß die toten Fliegen nicht
mit der Himbeermarmelade
aufs Brot gestrichen werden

daß ich das Haar in der Suppe
als ein Kassiber von dir
erkennen werde

daß sie mir die Zwangsjacke
an heißen Sommertagen
etwas lockern werden

was ich mir noch wünschen möchte
daß die Fische vor ihrem Landgang
uns ausreichend warnen

damit wir uns nicht
zwischen aufrechten Fischleibern
verirren
in Gegenden die uns bekannt
wie der Bauernhof
auf dem ich aufwuchs

was ich keinem wünschen möchte
auch wenn sich die Schwalben
nach allem und heute noch
im Fluge paaren.

Drückt mir die Augen nicht zu

drückt mir die Augen nicht zu
ich verlasse mich auf euch
ohne Hast möchte ich von unten
die Vögel beobachten
jetzt ist der Zeitpunkt dafür
gerade richtig
ich fühle die Unruhe
nichts kann mich mehr halten
wenn sich die Schwalben sammeln
und Schatten werfen
werde ich vermeiden
mit den Füßen den Boden zu berühren
um ihre Schatten nicht zu verletzen

ich verlasse mich auf euch
drückt mir die Augen nicht zu
damit ich ohne Hast
meine Augen im Vogelschatten
ausruhen kann.

Schattenreich

im Park leben die Schatten
hierhin flüchten sie
wenn draußen die schattenlose Zeit
hereinbricht
hier strecken und dehnen sie sich
über unterschiedlichste Figuren
dünn und dick

verkriechen sich
tauchen unverhofft wieder auf

auf Bänke und Rentner
könnte der Park verzichten
auch auf Kinderwagen
beim ersten Sonnenstrahl

ohne Schatten allerdings
wäre ein Park
leblos.

10 Erinnerungsentwürfe

Abschürfungen

feinste Risse in der Haut
Abschürfungen
mit weitflächigen Wundenfeldern
an Arm und Oberschenkel
Sandkörner von der Mauer
wie Überläufer

offensichtlich
die bald nässenden Wunden
später lassen sich Mullbinden
nur ruckartig lösen
schon fängt sich der Wind
kühlt und schmerzt zugleich

Landkarte der Mauer
als Spiegelbild
auf der sich spannenden Haut
wünschen sich die Stöhnenden
Verwundungen
von Platzpatronen verursacht

eingebildete Verletzungen also
deren Schmerz sie steuern könnten
vorsichtig drängen sie sich
zeitlupenhaft gegen die Mauer
und spüren
die rauhe Wirklichkeit

am Horizont sind
die Übergänge fließend
Wasser steigt in die Augen
von oben nach unten
beweist sich jedenfalls
als falsche Hoffnung.

Abschürfungen II

flächiger Schmerz
den das steigende Fieber
nicht mindert
dessen Spitzen reichen
weit hinter die Traumnester
wie mit Widerhaken versehen

ständig erinnern sie
an die rauhe Wand
wenn die Sandreste
in den feinen Wunden
bersten
kleine Explosionen
eine nach der anderen
werfen die Arme im Fieber
hoch über den Körper
der mit nässender Wunde
schon am Bettlaken klebt

Schürfwunden lassen den Körper
flächig fühlen im Schmerz

ein luftempfindlicher Schmerz
der kleine Wunden kühlt
läßt den Verletzten
Worte schreiben
deren Bedeutung
zwischen Wand und Haut
verlorenging.

Mein eingeschlafener Mund

mein eingeschlafener Mund es muß
an den Worten liegen die sich
zwischen den Zähnen verstecken oder
sich an der Zunge festklammern im
Speichel schwimmen bis in den Hals
belegt ist meine Zunge wie eitrig
die Krankenbetten sind weißüberzogen
und belegt die Zungen werden auf Befehl
herausgehängt daß die Krankheiten
nur so offenkundig werden wie gewünscht
in die Augen sehen weil die Zunge
beraushängt was gibt es da zu sehen
wenn es schon keine Worte gibt Sätze
bleiben im Kopf so rot ist der Schlund
weil die Zunge so weiß neben den Tüchern

wenn sich nach der Visite die Türe
schließt die Zunge wieder im Mund
schwimmen Worte im Speichel herum
Mündung kommt doch von Mund wach ist
mein Mund der eingeschlafene Vergangenheit
Fieberflecken auf weißüberzogenen Schmutz-
flecken Spuren nicht ablesbar
von der Zunge wörtlich die Krankheiten
brauchen nicht in den Augen gesucht zu werden.

LUFTSCHLÖSSER

mundvoll Atem holen aus dem Fahrtwind
Luftlöcher in Geschichten atmen
und in Bildern
Unwissende werden in den Sog gerissen
den Hut noch in der Hand
stürzen von den Bergen
überreichen Visitenkarten
mit Golddruck
legen Luftlöchern Notverbände an
wenden sich ab
klammern sich an vorbeifahrende Autos
trauen dem Sog nicht
der ihre Knöchel knickt
Wind schleudert im Herbst
überfällige Flaschenpost
an unbewohnte Strände
heraus fällt der blaue Bube
den die Kartenlegerin vermißt

Dichter nisten in Luftschlössern
richten sich wohnlich ein
im Hacksystem stößt der Finger
auf die Tasten
die Schreibmaschine hämmert Buchstaben
auf das Papier
daß es schreien könnte
könnte es

graben wortreiche Namen mit dem Spaten um
Buchstaben für Buchstaben
nur die langen Haare
verursachen einigen Ärger
während wir am Tropf hängen
fliegen die Sitze des Kettenkarussells
am Fenster vorbei
in Richtung allerletztes Luftschloß.

ATEMSCHWIERIGKEITEN

Schwierigkeiten beim Atmen
Angst haben zu schlucken weil
die Luft fehlen könnte
warum soll ich Fragen beantworten
wenn mir Luft für Worte fehlen könnte
es ist kein Verhör
noch nicht

ich muß vorsichtig sein
mich nicht zu schnell bewegen
neunzehnhundertsiebzig und vorher
in diesen Jahren passierte es
selten
doch die Anfälle häufen sich
wie vieles
in letzter Zeit

auch verschlucke ich mich
öfter beim Essen
zu Hause bleibt die Angst
aber in Gesellschaft die hämischen Blicke
was wissen die schon
wenn einem die Luft
wie ein dicker Brocken
im Halse stecken bleibt
nein
am Klima kann es nicht liegen
wo sollte ich auch hin

wo könnte ich leben
ich fühle mich frei
so lange ich die Anfälle vergessen kann

ich klammere mich an den Tisch
und würge am Brocken Luft und
es dauert oft eine halbe Stunde
und länger
bis ich mich wieder traue
frei zu atmen
wenn der Brocken im Hals steckt
fehlen mir Freunde
die mir auf den Rücken klopfen

wo sind meine Freunde
warum fragen sie ihn
wenn einer ihre Fragen beantworten könnte
dann doch nur ich
warum quälen sie ihn

er weiß nur
daß ich am Leben hänge
wie ich kämpfe und würge
und schließlich den Brocken
hinunterwürge
wo er wieder dünne Luft wird

und ich schweißnaß
vor Anstrengung und Angst
meide Zugluft
ich habe ja Luft genug
ich fühle mich frei
am Klima kann es nicht liegen

auch wenn ich nachts aus dunklen Träumen
aufschrecke
und sekundenlang glaube
ich hätte das Atmen verlernt
im Schlaf ganz einfach
vergessen
mit trockenem Hals und dicker Zunge
springe ich auf
reiße das Fenster weit auf
und würge und atme
und übe Atmen
und lebe.

Um mich herum wächst die Mauer

um mich herum wächst die Mauer
mit bloßen Händen
wollte ich etwas dagegen tun
davon sind meine Hände
blutig geschunden
doch die Mauer wächst immer höher

dabei wollte ich die Wälder betreten
voll Seufzer
und Schatten in der Dämmerung
um Verzweifelnde zu suchen
die sonst nur tot
vom Wald freigegeben werden

als ich noch über den Rand
der Mauer blicken konnte
erkannte ich weit im Süden
weißgekalkte Dörfer
mit Kindern hinter Hausecken
und Hunde
die zuerst die Scheu verloren

seit die Mauer zum Drüberschauen
zu hoch
packe ich nicht mehr die Koffer
nach Nächten
auf dem ausgedörrten Boden

gestern beobachtete ich einen Vogel
der lange auf der Mauer hockte
dann
dicht an meinem Kopf vorbeifliegend
verschwand
da wollte ich nicht mehr mutlos sein

ich werde meine Wunden kühlen
und Fahrpläne studieren
erst wenn ich die Verbindungen kenne
und die Bahnsteige
werde ich anfangen
nach Schiffssirenen zu lauschen
wenn der Wind vom Meer weht

dann brauche ich nur noch
die Nächte abwarten
und in den Träumen wird es
die Mauer nicht mehr geben

barfuß werde ich
die zwei Koffer in den Händen
dem Wind entgegenlaufen
der vom Meer weht
und so lange gehen

bis wieder eine Mauer
um mich herum zu wachsen beginnt.

Fingerübungen

den eigenen Schatten mit spitzen Fingern
an den Rändern hochzuheben versuchen
sich ablenken von schweigsamen Abschieden
im Februar
alles bleibt grau
Fingerpuppen hängen schlaff
lustlos die Karussells im Winterquartier
rechtsherum zu fahren
diese Übung macht Löwen und Elefanten
schwindlig
daß sie mit Nägeln und Schrauben zusätzlich
gesichert werden müssen

wo anders als in Wartezimmern
auf den Wind warten für segelohrige Gedanken
hier stellen sich die Erinnerungen
an fiebrige Träume wieder ein
reduzieren sich zu Brandblasen
bald zieht sich die Hitze
in den Körper zurück
Brandnarben zeugen davon und
Schüttelfröste

jetzt legen Optimisten Kieselsteine auf den Asphalt
den Löwenzahn von unten durchbrochen hat
der zunehmende Mond könnte
schuldig gesprochen werden doch
die Wetterkarte verspricht im Mai Sonne und
Schnee

Wind und Windstille in einem Atemzug
vor dem Sturm

‹Fotografieren verboten› steht auf Schildern
das mannshohe Gras im Sommer
verbirgt mich fast
der Fotograf konzentriert sich auf die Pausen
zwischen den Worten
im Sonnenuntergang werden meine Bündel
blutrot getränkt und fotogen
und erst beim Zurückschauen
entziffere ich die Worte auf den Schildern

Herbstregen fällt auf die Windschutzscheibe
Regentropfen wie Nachtvogelschatten
Flügelschlagen auf dem Autodach
während sich der Held in Breitwand
mit letzten Kräften durch die Wüste schleppt
zum erneuten Start verdammt
sobald die Filmrollen zurückgespult sind

vor dem Abfischen der Teiche haben wir den Bach
mit vielen Steinen eng gemacht
dann in einem Sack zentnerschweren Fang
heimgeschleppt
trotz der Last werde ich in der Dunkelheit
immer schneller
doch diesen Wettlauf
habe ich schon vor dem Start verloren

die Nacht läuft mit mir um die Wette
siegessicher beteilige ich mich an Schattenspielen
in letzter Minute springen die Schatten
auf fahrende Züge auf

immer etwas später doch nicht
zu spät
Abschiedsübungen
bis mich die Dunkelheit einholt
ihre Geschwindigkeit ist in keiner Jahresbestenliste
vermerkt
wird verschwiegen
und kann mich doch nicht überraschen

meine Brandblasen zeige ich nur in Bedrängnis
höchstens als Entschuldigung
sie hindern mich
wenn ich den eigenen Schatten an den Rändern
hochzuheben versuche
aber ich habe zu viel Zeit verloren
kann nicht mehr zögern
übe jetzt wortreiche Abschiede
schon brennen die Worte wie dürre
Weihnachtsbäume
und der aufkommende Wind
bläst gegen mich.

Schattenspuren

Gehend
als Erinnerung untergehendes Land zurücklassend
kurz vor der Ankunft habe ich
ein großes Stück Himmel beim Glücksspiel
  gewonnen
und ein Dutzend Sonnenuntergänge
sich brechend im Spinnennetz eingewoben ich
selbst Spinne und ausgesaugtes Opfer zugleich

auf Eisenbahnpuffern viele Länder
von West nach Ost durchquert oder umgekehrt
immer wach geblieben denn Einschlafen bedeutet
Herausfallen aus einer Sehnsucht

in den Mund legten sie mir Fragen dazu
falsche Antworten und ich schmeckte
Salziges auf meinen Lippen oder
deinen wer kann schon mit Sicherheit die
  Windrichtung
am befeuchteten Finger bestimmen
Worte legte ich ihnen in den Weg
die Träumer bestanden die erste Prüfung
stolperten stürzten in verbotene Träume zurück
den Judas zahlte ich aus mit druckfrischen Scheinen
denn handelsübliche Münzen wiegen zu schwer
für eine Flucht von Stadt zu Stadt
überall zog ich den Judas an
bis ich die Städte mied

manche Reisen in ferne Länder überlebte ich nur
in Kneipen
beschimpft von Wirten und Angetrunkenen
in die Hotelzimmer taste ich mich Nacht
für Nacht
übersehe die Lichtschalter in Vollmondnächten
schließe meine Augen
müde geworden durch die schweren Brocken
  Heimat
die ich mit mir herumschleppe
Steine Felsen und den Geruch

meine leeren Taschen zeige ich
stolz wehre ich die armen Huren ab
die nur einen Platz suchen im Windschatten
meiner Träume geschützt vor den Winden
die sich von Hausecke zu Hausecke steigern
Vorauszahlung ist Pflicht in diesen Absteigen
morgens in der Kneipe darf ich Runde um
Runde bezahlen bis ich ausgeplündert
hinausgeworfen werde

wenn ich mich nicht täusche dann ragt
der Kiel eines verschollenen Schiffes aus dem Papier
reicht bis in den Keller
hier quälen sie ihre Opfer kitzelnd
Kitzlige die schreien vor Lachen daß ich
lachen muß Tage später noch hemmungslos
und will ich erklären
würgt mich ein fremdes Lachen
das jahrelang mein Reisebegleiter blieb

auf einem Fuß stehend balancierend
benötige ich wenig Platz zum Lachen
wünsche mir nur einfach so herauslachen zu
können
könnte mich mit beiden Händen an einem Ast
festhalten und lachend Boden aufgeben

in einer südlichen Stadt wartete der Fotograf
mit einer altmodischen Fotoausrüstung
mitten auf dem staubigen Platz auf Kunden
bis ich mich nicht mehr zurückhalten konnte
am Abend verzichtete ich auf ein Sandwich
für meinen letzten Dollar
ließ mich fotografieren hinter einem großen Stück
Pappkarton und die Einheimischen gerieten in
Streit
unsichtbar für mich weil sie den Fotografen
überreden wollten mir den Karton aus den Händen
zu reißen um spätere Reklamationen zu vermeiden
doch er wollte mich heute
als einzigen Kunden nicht verlieren

die heißen Steine kühle ich in meinen Händen
ganze Nachmittage Stein für Stein
viele könnten sich damit beschäftigen
anstatt in der Sonne liegend
auf die Flut zu warten
um dann doch vor den ersten Wellen zu flüchten

der mit dem Rettungsring Tag und Nacht
herumläuft auch in Städten hoch im Gebirge
hat Geschichten gelesen von versunkenen Ländern
spürt ein ständig sich andeutendes Absinken
doch was sich bewegt

ist höchstens Wasser
überrascht sich dabei
wie er sich unbedacht an Stangen und Zäunen
anklammert in wahnsinnigen Augenblicken
verliert den Boden unter seinen Gedanken
mußte sich schon zweimal retten lassen
vor dem Ertrinken
in staubigen Wüsten

Kinder beerdigen ihre Schatten
in selbstgegrabenen Wasserlöchern oder
werfen schwere Steine auf Möwenschatten
daß sich die Fische aus den Schnäbeln fallen
lassen oder waren es die Fische
verbissen in schreiende Möwen
denen das Wasser ausging in schwindelnden Höhen

stehend verschenke ich Himmel und die Hälfte
der gewonnenen Sonnenuntergänge
spürbar erleichtert sehe ich den Fotografen
mit dem ersten Papierabzug in der Hand
von riesigen Wellen überrollt
untergehen
meine beiden Hände waren scharf abgebildet
zu scharf am Rande der großen Pappe
die mir half
unerkannt Heimat zurückzulassen und Felsen und
 Steine
nur den Geruch behielt ich in der Nase

trotzdem fühle ich mich heimatlos geworden
beim Betreten dieses Hotels
das mehr eine Absteige zu sein scheint
denn sie schließen noch immer Wetten ab über

verlorene Glücksritter wie mich
für alle Sieger aus abgesagten Kämpfen und
noch in der Nacht
verlasse ich den engen Raum die Stadt
untergehendes Land in der Erinnerung
auch diesmal rechtzeitig verlassend.
Gehend.

Lebenslinien

vom Mond in große Höhen locken lassen
leichtsinnig
obwohl ich nicht schwindelfrei bin
balanciere ich wie ein Hochseilartist
drängen sich Erinnerungen auf
an Fangzäune
aufgestellt an Straßen in Richtung Süden
die jetzt unerreichbar
nur Fangzäune für Erinnerungen sind
mit zu weiten Maschen
ungeeignet
das Rauschen der Brandung
aufzuhalten

zwei Clowns versuchen in engen Gassen
mit weitmaschigen Netzen
Worte einzufangen
daß die Kinder erstaunt im Hüpfen erstarren
wo Himmel und Hölle
nur durch einen Kreidestrich getrennt
fallen die Zurufe der Zuschauer
durch die Maschen
der ausgeliehenen Schmetterlingsnetze
rufen die Clowns selbst ganze Sätze
hinter vorgehaltenen Händen
denn tote Schmetterlinge
sind Warnung genug

die Zigeunerin hat aus meiner Hand
so viel Zukunft gelesen
daß ihr schwindlig wurde
doch auf dem Hochseil
bleibt keine Zeit für Gedanken
an die Zukunft
die Gegenwart
existiert nur in verlorenen Träumen
bei meiner Lebenslinie
dauert es
bis sich die Zigeunerin erholt hat
und sie vergißt
das Kreuzzeichen zu schlagen
sie würde ihre Hand dafür ins Feuer legen
daß ich übermütig geworden
das Seil verfehlen könnte
ohne abzustürzen
wenn ich auf meiner Lebenslinie balanciere
hat der Zufall keine Chance
ihr Schulwissen
zeigt Lücken
und Kaffeesatz ist nicht verfügbar
ich könnte bei Rot die Straße überqueren
als Geisterfahrer auf der Autobahn fahren
den dummen Zufall
trete ich mit Füßen

während einer der Clowns
das Netz ausleert und
die eingefangenen Worte
sorgfältig sortiert
wie in einem schlechten Film
von Spitzeln beobachtet
beschließt er

eine starke Traurigkeit in sein Gesicht
zu schminken
denn die Ausbeute ist erbärmlich
und seine Lebenslinie verläuft
ausgesprochen dünn

wie die fast unsichtbaren Fäden
durch die Marionetten
ohnmächtig gehorchen müssen
zu dünn für einen Clown
gerade ausreichend für Zugvögel
die mit Schattenhänden
an sonnigen Tagen
Verbindungen halten
zur kühlen Erde
kühlen damit auch
die vom Flug erhitzten Federspitzen
Fangzäune
überfliegen sie

nach südlichen Träumen schweißnaß
auf dem Hochseil erwachen
bleibt nicht nur wegen der Zugluft
gefährlich
daß ich froh bin
über die aufgestellten Fangzäune
die mich auffangen
wenn ich aus einem meiner Träume
herausfalle
denn die Zigeunerin
wird in diesem Traum
ihre Hand im Feuer
schrecklich verbrennen.

Sehnsucht

in großen Städten bekomme ich
große Sehnsucht
kaum bin ich einige Tage dort
eingemietet in einem dumpfen Hotelzimmer
vertraut nach einigen Nächten
mit allen Geräuschen
bekomme ich große Sehnsucht
nach menschenleeren Stränden
und Meeresrauschen
mit dem ich einschlafe und
mit dem ich erwache

und der Kreislauf beginnt
wenn ich von einem Reisebüro
zum anderen laufe
bepackt mit Prospekten
mein Hotelzimmer erreiche
die Fenster weit aufreiße
und der Verkehrslärm
die Musik aus dem Radio übertönt

lese ich Beschreibungen von Orten
wie im Paradies
obwohl ich ziemlich sicher bin
daß der Strand überfüllt ist
daß ich meinen Sonnenschirm
nicht öffnen kann
ohne einem anderen die Sonne
zu stehlen
der Lärm so groß ist

daß das Meeresrauschen nur nachts
zu hören ist

trotzdem buche ich weißen Sandstrand
mit viel Sonne und kühlen Drinks
und nach zwei Wochen
darauf könnte ich wetten
werde ich mich nach einem dumpfen
Hotelzimmer sehnen
dessen Tapete erneuert werden müßte
die Badewanne einen schwarzen Sprung hat
wo die Wasserhähne tropfen
Tag und Nacht
alles für zweiundfünfzig Mark
die Nacht
ohne Frühstück
dafür bekomme ich
in solchen Städten
eingemietet in einem dumpfen Hotelzimmer
schon nach wenigen Tagen
eine Sehnsucht
eine große Sehnsucht.

In dieser Stadt möchte ich leben

mit einem Seeräuberschiff mitten in der Stadt
    anlegen
ohne die Totenkopfflagge einzuziehen
ein scharfes Messer zwischen den Zähnen
festen Boden unter den Füßen spüren
mitten im Berufsverkehr jegliche Orientierung
verlieren und Stunden später rein zufällig
die drei Masten sich im Wind wiegen sehen

vielleicht lieber auf einem Luxus-Dampfer
direkt vor dem Nobelhotel anlegen
auf einem roten Teppich die Schuhe staubfrei
bleibt der Mund ungeschützt
vor der heißen Luft zwischen den Häusern
dafür läßt sich bei geöffneten Fenstern
die Bordkapelle hören

besser von Süden her mit einer Antarktis-
    Expedition
auf Hundeschlitten in die Stadt kommen
immer nach Norden den Gerüchen nach
das kleine Zelt auf dem Bahnhofsplatz aufschlagen
und nachdem die Hunde gefüttert
mit geschlossenen Augen der Stimme lauschen
die die Verspätung der Züge bekanntgibt

in dieser Stadt auf einem Hochplateau gelegen
weit im Landesinnern warten
daß sich der große Ozean ausdehnt bis zum
Stadtrand
dann könnten sich die Bewohner von Schiffssirenen
wecken lassen und die weißen Eisberge spiegeln
während des Vorbeischwimmens
die Stadtansicht tausendfach gebrochen

in einer solchen Stadt weit im Landesinnern
möchte ich leben
wo Seeräuber mit Messern zwischen den Zähnen
den Mädchen nachlaufen
die sich im Rhythmus der Musik wiegen
die vom Luxus-Dampfer herüberweht
während die Schlittenhunde verschnaufen

wer lacht
weil Schiffssirenen bis heute
in einer Stadt weit im Landesinnern noch nicht
gehört
keinen Seeräuber bemerkt höchstens die schönen
Mädchen
und vor dem Bahnhof kein Zelt und keine
Schlittenhunde
weder Seeräuberschiffe noch Luxus-Dampfer
gesehen
weder vorbeiziehende Eisberge noch
die Wellen des Ozeans nahe am Stadtrand

für den wird es Zeit
die Augen zu öffnen
dann wird er die erste Nacht nicht abwarten können
um ganz einfach die Augen zu schließen
nach so vielen aufregenden Entdeckungen
nachts
wenn die Seeräuber alle auf Kaninchenjagd sind
weil sie Proviant benötigen
für die Fahrt nach Sumatra.

Landstriche

meine jüngste Tochter
hat saubere Arbeit geleistet
denn von der neuen Weltkarte sind nur
Fetzen übriggeblieben
keine Chance
klebend noch Landstriche zu retten

jetzt hat die ganze Welt Platz
im Papierkorb
da zeigt mir meine Tochter
in der geöffneten Hand
noch einen Fetzen Welt
einen Teil Schottlands unverwechselbar
und die Orkney-Inseln

kaum wage ich noch
für ein zwei Wochen zu verreisen
ich könnte die Straße nicht mehr erkennen
in die ich einbiegen muß
um meine Wohnung zu finden
denn eine Straße weiter
schon wäre ich einbahngeregelt
auf der neuen Ausfallstraße

mit dem neuesten Fremdenverkehrsprospekt
meiner Heimatstadt in der Hand
irre ich herum
finde keinen Anhaltspunkt
es kann nicht an den grellen Farben liegen
die mich blenden

nicht am Klima
oft treibt Westwind von den britischen Inseln
unberechenbare Regenwolken
über die Stadt

als wir uns in Schottland
für diese Inseln interessierten
winkten die Einheimischen ab
da fährt doch kein Mensch hin
sagten sie übereinstimmend

ohne Schwierigkeiten finden sich
in meiner Heimatstadt
die Touristen zurecht
ich werde täglich unsicherer
ihnen sind die Bürgersteige zu schmal
die Plätze zu eng
die Sehenswürdigkeiten zu selten
daß sie durch die niedrigen Fenster
direkt in die Küchen schauen
Aufgewärmtes riechen
Augenblicke verweilen
bis sie die Fernsehserien erkannt haben

im Fenster des Reisebüros
rauschen die Wellen an leeren Stränden
und ein wolkenloser Himmel
läßt mich an die Sahnekaramellen denken
die wir täglich in Schottland kauten
auf der Insel hergestellt
die in Krieg und Frieden gleichermaßen
interessant war für Freund und Feind

Reiserufe aller Sender höre ich
regelmäßig
es könnte sein daß der eine
oder andere Tourist
überraschend heimfahren müßte
ohne diesen Landstrich abhaken zu können
wie ich es mit Schottland nicht kann
weil ich die Orkney-Inseln noch nicht
betrat

manchmal spreche ich Leute an
Fremde oft
frage nach diesem und jenem
will mich vergewissern
daß ich nicht einer der Touristen bin
in einer beliebigen Stadt
die mir vertrauter sein könnte
als dieser Landstrich Welt

Zeugen Jehovas stehen samstags
stumm an einigen Plätzen
ziemlich früh
ein Obdachloser trinkt
den letzten Rest Rotwein aus der Flasche
feindselig wird er dabei beobachtet
pausenlos
das ist die Zeit
diese kurze Zeitspanne am Morgen
in der ich leichtfertig behaupten könnte
hier bin ich zu Hause.

Erinnerungsentwürfe

es mangelt an trifftigen Erklärungen

wenn der Berg ruft
hört kein Gipfelstürmer hin
die Konstruktionspläne im Kopf
für den Nachbau der Schiffe
die Kolumbus vor fünfhundert Jahren
fast in den Wahnsinn segelten schließlich
entdeckte er ein Land wie geschaffen
für unsere Sehnsucht

mit erfrorenen Händen nehmen sie
ungeschickt deshalb die Geschenke
ihrer Heimatgemeinden entgegen
mit Opfergedenken im voraus
folgenschwere Seilschaften
wer hängt mit in der eigenen
wer führt sie an
Kain opferte Abel
der Berühmte den Bruder vergessen
im eiskalten Felsspalt
die Rutengänger verzweifeln an den Wünschelruten
Zinken an Einstiegen bleiben unbeachtet
steigend sich retten
in das Echo zwischen aufgerissenen Fischmäulern
hin- und hergeworfen die Worte

zufällig vergilbte Konstruktionspläne entdeckt
verraten die Form der Segel
ähnlich Drachenfliegern Aufwinde nutzend

sich hochtreiben lassen zum Gipfel
und hinter dem Gipfel
sich tief in die Schluchten träumen
staunen Radfahrer und Fußgänger
mit verdrehten Wirbeln
klammern sich an Orthopäden Zuschauer
deren Häuser von Gaunern gezinkt
daß Nachkommende die Hände zusammenschlagen
wer weiß wo

im Kielwasser der Nina
die Kolumbus später zu seinem Flaggschiff wählte
auf direktem Kurs sich entfernen
weg von den Gemeinplätzen
wer drängte sich nicht in die Warteschlange
im Gletschereis gefrieren Worte
Wortzapfen zwischen Mund und Ohren
das Risiko verteilt auf Worte
Notlandungen als Ersatzfluchtwege
biedern sich Holzwege an
in die Felswände einsteigen wie
in die Takelage
oder umgekehrt Abstürze in die Ebenen

wenn Land in Sicht nach Monaten
beim Blick hinter die Gipfel
wird gerechnet und Statistik bemüht
die Toten gewichtet zu Gunsten der
Überlebenden verrechnet
fadenscheinige Gründe werden der Sehnsucht
zugeschlagen
nur Glück zählt wird ausgeklammert
Schwächeanfälle vor Stoßgebeten
radieren Gipfel aus dem Gedächtnis

dazu Verbindungen nach unten
fester Boden unter den Füßen bleibt
Illusion aufgewärmt von Party zu Party
gequetscht aus den Geschichten: Nervenkitzel

an den Konstruktionsplänen der Nina
arbeite ich Nacht für Nacht
Verbesserungen trotz aufgebrauchter
Radiergummis blieben: erstes Ziel
zähle die Nächte nach erstürmten Gipfeln
Hals- und Beinbruchwünsche lehne
ich dankend ab in meinen Aufzeichnungen
habe fast alles schon hinter mir
abgeschürfte Haut die Platzwunde am Kopf
Armbrüche sind noch lange kein Ersatz

je höher ich steige umso mehr Worte
bleiben formulierbar
in den Ebenen verliere ich sie noch
auf der Zunge
erfolglose Wiederbelebungsversuche
auf Millimeterpapier
stemme mich mit neuen Kräften gegen
rollende Steine enttäusche die
die sie auf den Weg stießen
Kartenhäuser versteinern

den Stapellauf der Nina
verpasse ich beinahe
geräuschlos kippt sie nach Backbord
geht im Hafenbecken verloren
fest im Blick Hunderter Augenpaare
kein Staub wirbelt auf obwohl
reichlich vorhanden

Erinnerungsentwürfe der untergegangenen
Nina werden unter der Hand gehandelt
die Ehrengäste klatschen begeistert
um sie bei Laune zu halten
konstruieren Gipfelstürmer Segelschiffe
die längst am Meeresboden
von ertrunkenen Geschichten bewohnt
mit Schwimmwesten können sie nicht
einsteigen in die Gebirge unter Wasser
vergessen eingeübte Schwimmbewegungen
Wind treibt sie in die Erinnerung

aus Telefonzellen informieren sie mich
haben meine Fingerabdrücke
von der Schreibmaschine gestohlen
sehen mich schon erfolgreich verfolgt
ein schöner Zeitvertreib
die Rutengänger drücken nur noch Daumen
die Verschnaufpausen sind ihnen zu gönnen

ohne Segelschiffe im Kopf laufe ich
aus meinen offenen Schuhen
wenn der Berg ruft
hört einer aus dem Echo
das Wort Glück
zwischen dem aufgerissenen Fischmaul
die Statistiker bleiben unbelehrbar
sie verzichten auf Seilschaften
berechnen Notlandungen mit etwas Glück
stürzen sie unverletzt aus ihren Entwürfen

Bussarde sitzen auf dem Boden
krankhafte Kurzsichtigkeit gibt zu denken
ihre Opfer verpassen es
Schlüsse zu ziehen
mit geschlossenen Augen läßt sich
nichts vertuschen nicht die Zeit
aufhalten
trotz mangelnder Erklärungen
bleiben wir am Fuße der Gipfel
vor uns die weite Ebene
in der Seilschaft hoffnungsvoll.

11 Anhang

Nachwort

«Erinnerungsentwürfe – In Augenhöhe»

Gedichte aus dreißig Jahren und keine chronologische Ordnung. Ingo Cesaro ist sich gleich geblieben, unverwechselbar, wenngleich er sich reich entwickelt hat.

Abgesehen vom Anhaltspunkt der Erstveröffentlichung läßt sich die Entstehungszeit einiger Gedichte am zeitkritischen Thema festlegen, an Stichwörtern wie «Vietnam», «Startbahn West», «Waldsterben», «Ausländer» oder «Maueröffnung». Doch gibt es kein programmatisches politisches Gedicht, kein Natur- oder Liebesgedicht von reiner Innerlichkeit, keinen entrückten Traum. Der Dichter ist nicht nur teilnehmender Beobachter unserer Gesellschaft, er ist ihr verantwortlicher Teil, beobachtendes, fühlendes, träumendes, erkenntnissuchendes Subjekt, ist der Gebrochenheit unserer Wirklichkeit ausgesetzt, drückt die Widersprüchlichkeit seiner Erfahrung aus.

Während der 60er und beginnenden 70er Jahre lag «in Augenhöhe», was formuliert werden mußte: Konflikte von Individuum und Bezugswelt, Zusammenstöße von Denken und Handeln, von Realität und ihrem offiziellen Konstrukt. Damals entstanden hauptsächlich kurze, einprägsame Gedichte, deren gedankliche oder sprachliche Pointe sich dem Leser sofort erschloß. Auch die politischen Gedichte der 80er Jahre, die sich mit Frieden und Friedensbewegung, Schutz und Abwehr der Natur beschäftigen, vermitteln dem Leser sofort ihre Erkenntnis. In der Zwischenzeit aber verfiel die Kommunikation, waren «Wölfe im Garten» zu verspüren, wuchs «Um mich» – um uns herum – «die Mauer». Ingo Cesaros Gedichte wurden komplexer, sprachlich wie gedanklich, und dringlicher die «Qualifikation», mit der er sich und uns beschwört: «Kein einziger / Mitdenker / konnte sich / als Mitläufer // qualifizieren».

Ingo Cesaros Pointen sind bitter und komisch, tragisch und grotesk. Sie steigen auf «wie Luftblasen» im Clown: «lebenslang / lachte er / gegen Tränen an / die in ihm aufstiegen / wie Luftblasen / vom Grund der Teiche // in der Manege weinte er / daß sich / die Zuschauer vor Lachen / kaum / auf den Bänken / halten konnten».

«Wie Luftblasen» steigen Bilder, Erinnerungen und Gedanken auch im Dichter auf. Er lacht nicht gegen sie an, er formt die «Tränen» zu Worten. Lachen und Schreiben dienen beide der emotionalen und intellektuellen Abfuhr; beide befreien, beide machen bewußt und da sie wahrnehmbare Reaktionen sind, ermöglichen sie diese Bewußtwerdung auch dem Gegenüber, hier dem Leser. Der tragisch-groteske Effekt, das bittere Lachen sind Erkenntnismittel, die Ingo Cesaros Gedichte aus dreißig Jahren durchziehen. Grotesk sind die Versuche der Gesellschaft, aller «Freischwimmer», aller Nicht-Mitschwimmer Herr zu werden, sie «Betriebsblind» zu machen, ihnen «Scheuklappen» und «Haltungsschäden» fürs Leben mitzugeben. Und tragisch sind die «Übungen» derer, «Wettkämpfer» oder «Pechvogel», die sich aufs Leben vorbereiten, die «vorwärtskommen» wollen. Was sie riskieren ist «Schutzhaft», denn «du wirst dich doch nicht / von deinem Lachen / trennen wollen», nicht von Bildern, Erinnerungen und Gedanken, die «wie Luftblasen» aufsteigen und Freiraum schaffen. Der «Tiefseetaucher» erlebt «ein großes Gefühl / sich in die Einsamkeit / zurückzuziehen»; doch indem er sich keiner Autorität mehr aussetzt, hat er auch «keine Chance / den Nebenmann / zu verstehen». Die sich nicht anpassen, tragen «Besondere Kennzeichen»: «Solche sind an den Narben leicht / zu erkennen / aber eben viel zu selten zu finden».

«und am Fuße der Berge / leben immer / die nicht schwindelfrei sind // so warten sie täglich / auf den Einbruch der Dunkelheit // dann beginnen sie / die Berge zu besteigen // und finden sich // spätestens nach Sonnenaufgang / mit zerschundenen Gliedern // am Fuße der Berge». Das sind wir – sind das wir – diese Gefährten des Sisyphos?

Widersprüche der Erfahrung und Doppeldeutigkeiten der Sprache mögen trostloses Gelächter auslösen, Entsetzen aber schaffen «Klare Verhältnisse»: Das Wegwischen der Bilder und Gefühle, die Normierung durch Sprache, das Einzwängen der Erfahrung in Schemata – die Reduktion des Menschen zum gut funkionierenden Konformisten.

Aus solcher Gefährdung erwächst die keineswegs nostalgische Sehnsucht nach Heimat, nach dem eigenen Ort, ob er im Raum oder in der Zeit liegt, die «Hoffnung», an diesem Ort zu erkennen und an ihm erkannt zu werden. Motive des Reisens und Ankommens stehen hierfür wie in «Einstufen» und «Bahnfahrt», «Land drängt», aber menschenleer darf nicht sein, was Heimat werden oder sein könnte. Die Kindheit ist der Ort in der Zeit, dem die Wehmut gilt, «weil die Strecke / stillgelegt / seit Jahren», die Rückkehr und Ankunft verwehrt ist und nur noch Bilder, Zeichen und Träume dorthin führen.

Der Traum selbst ist nicht jener ersehnte eigene Ort, ist nicht Flucht- und Ruhepunkt, denn Bedrohung hält er ebenso wie Wunscherfüllung bereit. Ingo Cesaro stellt nicht die traditionsreiche Frage der Theater- und Literaturgeschichte, ob das Leben ein Traum sei oder der Traum das wahre Leben, sondern der Traum ist in seinen Gedichten dem Leben untrennbar verbunden. Der Traum ist Schatten des Lebens wie das Leben ein Schatten des Traums, beide einander komplementär. Der Verzicht auf Leben und Traum zugleich erst ist «Winterschlaf», ist Rückzug aus der Realität und letztlich aus der Existenz. Denn Gefährdung wird diese Existenz stets begleiten, selbst im Moment scheinbarer Enthobenheit: «und diese Windstille / die geliehene Leiter / schräg gegen den Wind / gelehnt / und Sprosse / um Sprosse / Wünschen folgend // der Boden / kaum noch zu erkennen / und die Wolken / hängen heute / so tief // und diese Windstille / jetzt / wie lange / schon lange –/ zu lange?».

Sich «in den Träumen gesund (zu) lachen», wenn die Krankheiten der anderen wie die eigenen «Im Krankenbett» durchlitten sind, bleibt Wunschtraum, denn «im Körper steht mir das Wasser bis zum Hals». Es ist das Wasser der Gefühle, das Angst erzeugt, das Wasser von Auflösung, Sprach- und Selbstverlust, das Wasser der Angst. «Atemschwierigkeiten» sind die Folge; «neunzehnhundertsiebzig und vorher / in diesen Jahren passierte es / selten / doch die Anfälle häufen sich». Würgend an Scheinfreiheit ist ihm freie Entfaltung wie die des Vogels in der Luft, dem Element des Atems, verwehrt, muß er Atmen und Leben üben, «und der aufkommende Wind / bläst gegen mich». Statt der erhofften Flügel wachsen Schwimmhäute, wollen das Atmen unter Wasser und die Sprache der Fische gelernt werden. Im Traum sucht er «an Haken hängende Worte», fesselt sich in den Schnüren, ertrinkt im «Fischblut», wechselt rhythmisch von Wind zu Wasser. Unerreichbar bleibt dem Dichter die Freiheit des Vogels, doch den Fischen sind die Buchstaben zugehörig, die Worte, die Sprache. Wie Vögel, wie Brieftauben verbinden sie Menschen, vermitteln sie Briefe – und Gedichte. Die Versöhnung von Leben und Literatur jedoch kann erst jenseits beider gelingen: «Drückt mir die Augen nicht zu»... «ich verlasse mich auf auch / drückt mir die Augen nicht zu / damit ich ohne Hast / meine Augen im Vogelschatten / ausruhen / kann».

Ingo Cesaro ist nie einer literarischen Mode gefolgt. Seine Gedichte sind im Laufe der Jahre länger, seine Stilmittel reicher geworden. Zum plötzlichen Verschieben der Aufmerksamkeit, zu logischem Bruch und Umkippen der Realität treten Wechsel der Zeiten und Perspektiven innerhalb eines Gedichts hinzu. Die Lakonie der Grundstimmung gerät in Spannung zu Expressivität und Rhythmisierung der Sprache, ihrer Vielfalt von Bildern und Phantasien. Selbst Pathos läßt sich verspüren, so in den Gedichten zum Ende der DDR und dem nachfolgenden Verdrängen. Märchenmotive ergänzen die surrealen; Wirklichkeit, Tagtraum und Alptraum integrieren sich zu einer ganz eigenen Welt, in der Inneres, Persönliches mit detailgetreuer äußerer Beobachtung wechselt.

Weiterhin sind es «Abschürfungen», die sein Werk grundieren, Verletzungen und Hoffnungen, Einengungen und Befreiungsversuche, die sein lyrisches Denken vorantreiben. Kinder, Clowns, Fische, Vögel, Wolken, Wasser, Schatten, Worte, Träume und andere Ausgangspunkte seiner Betrachtungen, Metaphern und Symbole kehren in neuen, komplexeren Konstellationen wieder. Drängender jedoch ist die Sehnsucht nach dem Ort jenseits der Städte und Hotelzimmer, wahnhaften Bemühens, vergeblichen Selbstbetrugs und heroischer Fluchtversuche geworden.

Ingo Cesaro bleibt «in Augenhöhe» bei der Suche nach dem Glück: «Mit geschlossenen Augen läßt sich / nichts vertuschen nicht die Zeit / aufhalten / trotz mangelnder Erklärungen / bleiben wir am Fuße der Gipfel / vor uns die weite Ebene / in der Seilschaft hoffnungsvoll». Seine «Erinnerungsentwürfe» vereinen Leben und Traum, Erfahrungswelt und Möglichkeitswelt, Vergangenes und Entwurf. In ihrer Gegenwart sind wir Gefährten des Sisyphos – darin liegt die Zeitlosigkeit dieser Gedichte aus dreißig Jahren.

Ute Bohmeier

Inhaltsverzeichnis
der Gedichte in der in diesem Buch gedruckten Reihenfolge

1 In Augenhöhe

2 Heimatkunde

4 Schutzhaft

5 Nach Hause

6 Klare Verhältnisse

Verkannt
Schwalben bringen Glück
Zwischen den großen Sensationen
Erinnerungen an einen kleinen August
Wie Luftblasen
Über die Gründe

7 Und diese Windstille

Züge
Schwarze Wolken
Fußabdrücke
Blindekuh spielen
Mit einem Handstreich
Scheinbar von Kindern bewegt
Mexico nähert sich
Mitten in der Schonzeit
Die Trauer
Hoffnung
Der Rentner
Einstufen
Land drängt
Bahnfahrt
Und diese Windstille
Nachrichten für Wenige

8 Aussichtslos

9 Wölfe im Garten

Fischblut
Die Luft in meiner Lunge
Wunsch
Was ich mit noch wünschen möchte
Drückt mir die Augen nicht zu
Schattenreich

10 Erinnerungsentwürfe

Abschürfungen
Mein eingeschlafener Mund
Luftschlösser
Atemschwierigkeiten
Um mich herum wächst die Mauer
Fingerübungen
Schattenspuren
Lebenslinien
Sehnsucht
In dieser Stadt möchte ich leben
Landstriche
Erinnerungsentwürfe

Inhaltsverzeichnis
in der alphabetischen Reihenfolge der Gedichte (mit dem Vermerk der Erstveröffentlichung)

Anthologien sind aufgeführt, soweit es sich um Erstveröffentlichungen handelt.

Wurden Gedichte nach dem Abdruck in einer Einzelveröffentlichung in einer Anthologie abgedruckt, wurde auf den Vermerk verzichtet, genau so wurde verfahren, wenn Gedichte mehrmals in Anthologien abgedruckt wurden. Die zahlreichen Zeitschriftenveröffentlichungen blieben unberücksichtigt.

* Sind keine näheren Angaben gemacht, ist das betreffende Gedicht in dieser Sammlung erstmals in Buchform veröffentlicht. Das Verzeichnis der abgekürzten Buchtitel befindet sich im nachfolgenden Werkverzeichnis.

Aus anderer Sicht	
Ausgleichssport	«Blätter für Grafik u. Literatur», édition trèves, Trier, Anth. 1977; SCHWIMM
Ausländer nicht erwünscht	«Steck' Dir einen Vers…», AS-Verlag, Tübingen, Anth. 1983
Aussichtslos	«An Dich Unbekannte» Verlag Der Landbote, München; Anth. 1983
Ausweitungen	AUSW (T); AMORT
Bahnfahrt	KURZER PROZESS, Lyrikspectrum 5 Liter. Verlag Braun Köln, Ged. 1976, AMORT
Begrabt eure Hoffnungen im Niemandsland	
Besondere Kennzeichen	AUSW, AMORT
Betriebsblind	«Jahrbuch 2» Liter. Verlag Braun, Köln, Anth. 1977
Beweis	VERD, WEISSE, BEG, AMORT
Bilanz	
Blindekuh spielen	ZEICHEN
Brautnacht in der Subway	
Brief aus Amerika	Göttinger Musenalmanach 1975, Edition Piper, Göttingen, Anth. 1974, VERD, AMORT
Brief in die Provinz	«Aktion Lyrik Frühjahr 80» d. Landeshauptstadt Saarbrücken, Mappe 1980; BRIEF (T)
Dann könnte ich große Pläne verwirklichen	«Oh, schon Mittag…?» Rowohlt Verlag, Reinbek, Anth. 85
Das Wasser in meinem Kopf	«SCHNITTPUNKTE» Grafik-Text-Kalender f. 1981, edition 7 & 70, Hanau; WORTL

Das Weihnachtspaket	«Die Stimme in der Weihnachtsnacht» Luther, Verlagshaus, Hamburg, Anth. 1978
Der Rentner	«Die Stadt» Almanach 9, Peter Hammer Verlag, Wuppertal, Anth. 1973, KURZ
Der Wettkämpfer	«DREHPUNKT 1968-79» Reprint der Zeitschrift Lenos Press, Basel, 1986; SCHWIMM
Deutsch-jugoslawischer Freundschaftsvertrag	
Die Luft in meiner Lunge	
Die Papierrose	«Gauke's Jahrbuch 1982» Gauke-Verlag, Hann-Münden, Anth. 1981
Die Sehnsucht nach tiefen Wassern	SCHWIMM
Die Sumpfdotterblumen	AUSW, AMORT
Die Trauer	
Drachen	Vom nächsten Mittag, Relief-Verlag, München 1966, VERD, AMORT
Drückt mir die Augen nicht zu	
Echte Zweifel	SCHWIMM
Ein Glück	«Verschenk-Calender» f. 1991, édition trèves, Tier, 1990
Einstufen	«Sag nicht morgen wirst du weinen, wenn du nach dem Lachen suchst» Winddruck Verlag, Wilnsdorf, Anth. 1992; HOFF, LAND
Enttäuschung	«Wer ist mein Nächster?», Herder-Verlag Freiburg, Anth. 1977
Erinnerungen an Charly Rivel	«Kopfstand», Semikolon-Verlag, Haunshofen, Ant. 1982

Erinnerungen an einen kleinen August	«Spuren der Zeit», Verlag Siebert, Herne, Anth. 1980; ERINN, SCHMINKE
Erinnerungsentwürfe	als «Erinnerungspläne», Grafik-Text-Kalender f. 1988, edition 7 & 70, Hanau; PLÄNE (T)
Fehlstart	KURZ, AMORT, SCHUTZ, Plakatgedicht
Fingerübungen	«Fingerübungen», Grafik-Text-Kalender f. 1986, edition 7 & 70, Hanau; SCHLAF
Fischblut	«Ein Lesebuch… bis Zsuzsa I», Verlag Hager, Stolzalpe, Anth. 1992
Freischwimmer	«Jahrbuch 2», Liter.Verlag Braun, Köln, Anth. 1977; SCHWIMM, WORTL
Freiübungen	AUSW, AMORT
Freiübungen III	
Frieden ist doch	«Steck' dir einen Vers…», AS-Verlag, Tübingen, Anth. 1983
Friedensglocken	
Friedenstauben	«Gauke's Jahrbuch 1983», Thema Frieden, Gauke-Verlag, Hann. Münden; Anth. 1982, ERINN, HEXEN
Frühjahrsübung (1990)	
Fußabdrücke	
Geflickt verknotet	«Verschenk-Calender» für 1991, édition trèves, Trier, 1990
Gegenterror	AUSW
Grassamen	SCHLAF
Gute Werke	«kinderREADER», édition trèves, Trier, Anth. 1978
Haltungsschäden	HEXEN, SCHLAF
Heimatkunde II	«Wilhelm Schramm: Heimat», Werkkatalog 1992, Freipresse Bludenz/Austria

Heimweh	«Zu Hause in der Fremde» Verlag Atelier im Bauernhaus, Fischerhude, Anth. 1981, TB Rowohlt Verlag 1984, BRIEF
Hochsprung	«Verschenk-Calender» f. 1985, édition trèves, Trier, 1984; HOFF
Hoffnung	KURZ, NACH, AMORT, SCHUTZ, LAND
Hoffungsfäden	HOFF (T)
Im Fußballstadion von Santiago de Chile	
Im Krankenbett	VERD, AMORT, Plakatgedicht
Im Lehnstuhl	Gegen den Krieg in Vietnam, Anth., Verlag am BEATion, Berlin 1968; VERD, AMORT
Im Vertrauen	KURZ, AMORT
In Augenhöhe	ANNÄH, KULTUR, HEXEN
In dieser Stadt möchte ich leben	«Die Liebe zu den großen Städten», Verlag Ernte 84, Berlin, Anth. 1980; LAND, SCHLAF
Klare Verhältnisse	«Die falsche Richtung: Startbahn West», edition Venceremos, Rüsselsheim, Anth. 1982
Kreideränder	«RADIUS Almanach 1980/81», Radius-Verlag, Stuttgart, Anth. 1980; ERINN, LEBEN
Kurzer Prozeß	KURZ (T), AMORT, ANNÄH
Kurzkrimi	KURZ, AMORT
Land drängt	
Landschaft mit Vogelscheuchen	KURZ, ANNÄH, WORTL, SCHEUCHER (T)
Landstriche	«Landstriche», Grafik-Text-Kalender f. 1984, edition 7 & 70, Hanau; LAND (T)

Lange Hälse üben	«Ein Postkartenkalender 1992», Lyrische Kunststube, Fürth 1991
Lebenslinien	«Lebenslinien», Grafik-Text-Kalender f. 1984, edition 7 & 70, Hanau
Lehrjahre	VERD, AMORT
Liebesbriefe	«Verschenk-Calender f. 1986», édition trèves, Trier 1985
Luftschlösser	
Mein eingeschlafener Mund	
Menschenrechte	«kinderREADER», édition trèves, Trier, Anth. 1978; SCHUTZ, KULTUR
Mexico nähert sich	MEXICO (T)
Mit einem Handstreich	
Mitten in der Schonzeit	
Nachahmenswert	KURZ, AMORT, SCHWIMM
Nach der Maueröffnung	«Verschenk-Calender f. 1992», édition trèves, Trier, 1994
Nach Hause	VERD, WEISSE, AMORT, Plakatgedicht
Nachrichten für Wenige	KURZ, NACH (T). AMORT
Nach Wochen	
Neutronenbombe	
Nur Federn gelassen	«Bis zum ersten Kuss», Verlag am Galgenberg, Hamburg, Anth. 1986
Ohne ihn zu erkennen	
Pechvogel	VERD, AMORT
Phantomschmerz	
Platzwahl	«Oh, Tor!», Rowohlt-Verlag, Reinbek, Anth. 1985
Pressepreis	«Gott im Gedicht», Herbert Reich Verlag, Hamburg, Anth. 1972; VERD, NACH, AMORT
Prognose	ZEICHEN

Qualifikation	KURZ, AMORT
Rettungsschwimmer	«Blätter für Grafik u. Literatur», édition trèves, Trier, Anth. 1977; SCHWIMM WORTL
Schattenbild	«Robert Reiter Kaltnadelradierungen 1981-83», Werkkatalog 1983; BILD
Schattenreich	
Schattenspuren	a) «Schattenspuren», Grafik-Text-Kalender f. 1987, edition 7 & 70, Hanau; b) «Luftschiffer & Wegelagerer», Damnitzverlag Neuss, Anth. 1986
Scheinbar von Kindern bewegt	«RADIUS Almanach 1988/81», Radius-Verlag Stuttgart, Anth. 1980; ERINN
Scheuklappen	KUNST, AMORT, HEXEN
Schlaflieder	«RADIUS Almanach 1980/81», Radius Verlag, Stuttgart, Anth. 1980; ERINN, HEXEN, SCHLAF
Schlechte Aussichten	AUSW, AMORT, SCHUTZ
Schonzeit für Langstreckenläufer	
Schreibverbot	
Schutzhaft	
Schwalben bringen Glück	Luchterhand Loseblatt Lyrik, Luchterhand-Verlag, Neuwied, 1968
Schwarze Wolken	KURZ, ANNÄH, WORTL, SCHWARZ
Schwere Träume	KURZ
Schwierigkeiten	FRIEDEN: Mehr als ein Wort», rororo rotfuchs Rowohlt-Verlag, Hamburg, Anth. 1981; BRIEF
Schutzimpfung	ZEICHEN, SCHUTZ (T)
Sehnsucht	
Sonntagsvergnügen	

Subway, that's life	«Lust auf Literatur», Delp Verlag, Bad Windsheim, Anth. 1986
Startloch	KURZ, AMORT, ANNÄH
Stilleben mit Pudelmütze	«Ein Lesebuch... bis Zsuzsa I» Verlag Hager, Stolzalpe, Anth. 1992
Straßenträume	«Stadtträume», Grafik-Text-Kalender f. 1983, edition 7 & 70, Hanau; BRIEF
Täuschende Ähnlichkeit	«Leben auf neun Quadratmetern», Tiplit-Verlag, Hamburg, Anth. 1981, SCHLAF
Tiefseetaucher	KURZ, AMORT
Totes Rennen	«Taschenkalender für Junge Literatur 1989», Sonnentanz-Verlag, Augsburg 1988; HOFF
Touristenattraktion	«Verschenk-Calender 1990», édition trèves, Trier, 1989; LAND
Üben	«An Dich Unbekannte», Verlag der Landbote, München, Anth. 1983
Über die Gründe	ANNÄH, BRIEF, SCHMINKE, ÜBEN (T)
Über die Unsterblichkeit	«Blätter für Grafik u. Literatur» édition trèves, Trier, Anth. 1977; AUSW, AMORT
Überraschung	
Übung	VERD, WEISSE, AMORT
Übungen	«SCHNITTPUNKTE», Grafik-Text-Kalender f. 1981», edition 7 & 70, Hanau
Um mich herum wächst die Mauer	«Mauern», Wons-Verlag, Saarbrücken, Anth. 1978; ZEICHEN, ANNÄH, ERINN, LAND

Um nichts zu versäumen	
	«Die falsche Richtung: Startbahn West». edition Venceremos, Rüsselsheim, Anth. 1982
Unachtsam	
Und am Fuße der Berge	
	«Jahrbuch 2», Liter. Verlag Braun, Köln, Anth. 1977
Und diese Windstille	
Und wieder mal lachen	KUNST, AMORT
Unsicher	«Leben in unserer Zeit», W. Klein-Verlag, Lotte, u. Literaturverein, Günzburg, Anth. 78; VERD, HOFF
Unter gelben Flügeln	AMORT, UNTER (T)
Unterschied	«Gewalt», Almanach 6, Peter Hammer Verlag, Wuppertal, 1972; VERD, AUSW, AMORT
Verbindungen	VERD, AMORT, ANNÄH
Verdauungsschwierigkeiten	VERD (T), AMORT
Verkannt	VERD, BEG, AMORT
Vielschreiberei	
Vogelhaft	VOGEL (T)
Vogelschutzgebiet	VERD, AMORT
Vorsorge	VERD, AMORT
Während	Reihe «Verbrauchs-Lyrik», Gauke-Verlag Scheden, Anth. 1973; KURZ, AMORT
Waldsterben	HOFF
Was ich mir noch wünschen möchte	
	«Verschenk-Calender f. 1991», édition trèves Trier, 1990; WAS (T)
Was sind das für Zeiten	

Weihnachtsfriede	«Die Stimme in der Weihnachtsnacht», Luth. Verlagshaus, Hamburg, Anth. 1978; BRIEF
Weiße Raben	VERD, WEISSE (T). AMORT, WORTL, SCHATTEN
Weit weg vom Schreibtisch	
Wenn du	VERD, AMORT
Wenn Gäste am Tisch sitzen	ZEICHEN
Wie der Wind sich dreht	
Wie Luftblasen	«RADIUS Almanach 1980/81», Radius Verlag, Stuttgart, Anth. 1980
Winterschlaf	KURZ, NACH, AMORT
Wochenlang	KURZ, AMORT
Wölfe im Garten	ZEICHEN, WÖLFE (T), SCHLAF
Wunsch	LAND
Zehen	VERD, AMORT, ANNÄH
Zeichensprache	ZEICHEN (T), Plakatgedicht
Züge	«Göttinger Musenalmanach 1975», Edition Piper, Göttingen, Anth. 1974; VERD, KUNST, AMORT, KULTUR
Zukunftspläne schmieden	
Zwangsjacke	KUNST, AMORT, SCHUTZ
Zwei Paar Socken	ZEICHEN
Zwischen den großen Sensationen	«Kopfstand», Semikolon-Verlag, Haunshofen, Anth. 1982

Der Autor

Ingo Cesaro, geboren 1941 in Kronach/Oberfranken. Lebt und schreibt dort seit 1962. Lyrik und Kurzprosa in Zeitungen, Zeitschriften und im Funk.

Mitarbeit an weit über 200 Anthologien und Sammelbänden. Bisher 49 Einzelveröffentlichungen.

Enge Zusammenarbeit mit Malern und Grafikern, die sich in bibliophilen Büchern, Buchobjekten, Grafik-Text-Mappen, Grafik-Text-Kalendern, Plakatgedichten und Ausstellungsprojekten niederschlug.

Mit Musikern und Komponisten zusammen «Jazz & Texte», «Minimalmusik & Dreizeiler» und «Vertanzte Gedichte».

Bildergeschichten für «Die Sendung mit der Maus». Texte fürs politische Kabarett.

Cesaro ist Mitglied des VS (Deutscher Schriftstellerverband), des Deutschschweizerischen P.E.N.-Zentrums, der europäischen Autorenvereinigung «Die Kogge», der Deutschen Haiku-Gesellschaft, der Neuen Gesellschaft für Literatur Erlangen, des Freundeskreises der Regensburger Schriftsteller-Gruppe International und der Künstlergruppe Vierter Fall.

Er erhielt verschiedene Auszeichnungen für Lyrik und Kurzprosa.

Werkverzeichnis*

Einzelveröffentlichungen (Uni Titelkürzel)

Verd	«Verdauungsschwierigkeiten», Gedichte 1975 édition trèves, Trier, insgesamt 5 Auflagen
Kurz	«Kurzer Prozeß», Lyrikspectrum Nr. 5, Gedichte 1976 Literarischer Verlag, Braun, Köln
Weisse	«Weiße Raben», Gedichte 1976 Verlag Eric van der Wal, Bergen NH, Niederlande
Beg	«Begegnungen» mit Gottfried Wiegand, Gedichte und Kurzprosa 1976 Verlag R. Riethausen, Hanau
Nach	«Nachrichten für Wenige», Gedichte 1977 Verlag R. Riethausen, Hanau
Kunst	«Kunstflieger», Gedichte 1977 Verlag R. Riethausen, Hanau
Ausw	«Ausweitungen», Gedichte 1. und 2. Auflage 1978 Dittmer-Publikationen, Scheden
Amort	«Amortisationen», gesammelte Werke Band I, Gedichte und Kurzprosa 1978 édition trèves, Trier
Zeichen	«Zeichensprache», Gedichte 1979, 2. und 3. Auflage 1980 edition 7 & 70, Hanau
Schutz	«Schutzimpfung», Gedichte 1981 Verlag Eric van der Wal, Bergen NH, Niederlande
Annäh	«Annäherungen», Gedichte 1981, 2. und erw. Auflage 1982 edition 7 & 70, Hanau
Brief	«Brief in die Provinz», Gedichte 1983 Verlag Eric van der Wal, Bergen NH, Niederlande

* Der Autor veröffentlicht seit 1962. Nachfolgend sind nur Gedichtbände seit 1975 aufgeführt.

SCHWIMM	«Der einbeinig schwimmende Nichtschwimmer», Gedichte 1984 Original Hersbrucker Bücherwerkstätte, Hersbruck
WORTL	«Wortlandschaften & Wasserbilder», Gedichte 1985 edition altstadt-forum, Kronach
KULTUR	«Kulturbeutel», Kurzprosa und Gedichte 1986 Nachtschicht-Verlag, Bochum
ERINN	«Erinnerungen», Gedichte 1987 Tentamen-Drukke, Stuttgart
SCHMINKE	«Nur Schminke», Clowns-Gedichte 1987 Werkstatt Peter A. Haub, Bayreuth
HEXEN	«Hexenjagd», Gedichte 1987 Schierlingspresse D. Sdun, Dreieich
WÖLFE	«Wölfe im Garten», Lyrik 1988 Freipresse, Bludenz (Austria)
SCHATTEN	«Schattenraben», Lyrik 1989 Freipresse, Bludenz (Austria)
SCHWARZ	«Schwarzarbeit», Gedichte und Dreizeiler 1990 Freipresse, Bludenz (Austria)
BILD	«Schattenbild, Lyrik 1990 Freipresse, Bludenz (Austria)
HOFF	«Hoffnungsfäden». Gedichte 1990 Schierlingspresse D. Sdun, Dreieich
UNTER	«Unter gelben Flügeln», Lyrik 1990 Freipresse, Bludenz (Austria)
MEXICO	«Mexico nähert sich», Lyrik 1990 Black Letter Press Ludwig Mohr, Bad Friedrichshall
ÜBER	«Über die Gründe», Lyrik 1991 Freipresse, Bludenz (Austria)
WAS	«Was ich mir noch wünschen möchte», Lyrik 1991 Freipresse, Bludenz (Austria)
PLÄNE	«Erinnerungspläne», Lyrik 1992 Freipresse, Bludenz (Austria)

NACH	«Nach Hause», Lyrik 1992 Schierlingspresse D. Sdun, Dreieich
LIEBE	«Liebesbriefe», Lyrik 1992 Verlag HO Schulze, Lichtenfels
VOGEL	«Vogelhaft», Lyrik 1992 Freipresse, Bludenz (Austria)
LAND	«Landstriche», Stadtgedichte 1992 edition zitronenfalter, Bludenz (Austria)
HOCH	«Hochsprung», Lyrik 1992 Verlag HO Schulze, Lichtenfels
SCHEUCHEN	«Landschaft mit Vogelscheuchen», Lyrik 1992 edition zitronenfalter, Bludenz (Austria)
LEBEN	«Lebenszeichen», Lyrik 1993, Freipresse, Bludenz (Austria)
SCHLAF	«Schlafliederzeit», Lyrik 1993, Verlag der Handzeichen, Alfeld

Jacqueline Crevoisier

Gelassene Federn

Gedichte

Mit «Gelassene Federn», seit langem gesammelt und kurzweg in die Tinte getaucht, sind diese Gedichte geschrieben: engagiert, nicht milde abgeklärt, da zwar aus einer gewissen Melancholie heraus und zärtlich, dort aber voller Wut und mit messerscharfem Verstand, pointiert aphoristisch oder unverblümt frech – immer jedoch sehr persönlich und einprägsam.

In diesen Gedichten behauptet sich eine Autorin, die das Leben in all seinen Spielarten kennt und sich, ohne Angst vor Blessuren, darauf einläßt, daß die Federn nur so stieben. Themen und Sprache bezeugen es: Zerzaust wurde das Federkleid im Fuchsmaul des Lebens, in der Umarmung der Liebe und scharf an der Sense des Todes. Klein beigeben aber, gelassen sich anpassen «und nie ein Verstoß / gegen die Spielregeln», einer solchen Nicht-Haltung verweigert sie sich.

Lyrik in der Edition Hans Erpf

Peter Krähenbühl
neumond · gedichte
schwarzlicht · gedichte eines blinden

Kurt Hutterli
Stachelflieder · Gedichte in Prosa

Adi Sollberger
Lisi forever · Gedichte